Harald Weber

Zwielichtperlen

Phantastische Erzählungen

Bibliografische Information der Deutschen Nationalbibliothek:
Die Deutsche Nationalbibliothek verzeichnet diese Publikation
in der Deutschen Nationalbibliografie;
detaillierte bibliografische Daten sind im Internet
über http://dnb.ddb.de abrufbar.

© 2019 Harald Weber
ausgenommen „Die Frau in Grün",
© 2018 Bundeslurch-Verlag
Abdruck mit freundlicher Genehmigung des Verlages

Herstellung und Verlag: BoD – Books on Demand, Norderstedt

Einbandgestaltung: Harald Weber

ISBN: 978-3-7322-7910-4

Inhalt

Sehnsuchtsorte	7
Der Traumfänger	11
Der letzte Zug	17
Šimáneks Geheimnis	23
Die lange Wacht	31
Per Anhalter nach Gondor	43
De profundis	49
Die Einladung	61
Ich kannte Nerat Borr	77
Augen zu und durch	83
Ein völlig neuer Mensch	95
Sie halten niemals an	127
Die Frau in Grün	137

Sehnsuchtsorte

"Sehnsuchtsorte" sollten der Schwerpunkt sein bei einem Leseabend vor Publikum. Und wie so oft fiel mir erst mal rein gar nichts ein. Dann regte sich zaghaft eine Idee bezüglich schönen Scheins und schöner Worte, und mein Ausflug ins Reich der Glossen konnte beginnen.

Hinter dem Horizont war es immer schon viel schöner als hier. Wenn man wie ich in einem Dorf aufwächst, dann pulsiert das Leben bereits in der Kreisstadt. Damals konnte ich die Leute aus der Kreisstadt nicht verstehen, die sich beklagten, wie öde das Leben in der Provinz sei und dass das wahre Leben in der Großstadt zu finden wäre. Die Großstädter ihrerseits schauen sehnsüchtig nach Berlin – bis auf die Berliner, und die wären lieber in London.

Erzählungen von hinter dem Horizont sind der Stoff, der die Sehnsucht heiß brennen lässt. Aber so wie der Abstand in Zeit und Raum von der Schulzeit oder dem Wehrdienst nur die besonders erinnerungswürdigen Momente übrig lässt, so wecken auch die Erzählungen aus der Ferne bei den Zuhörern die Erwartung, es müsse dort rund um die Uhr großartig und ganz besonders sein.

Und dann fährt man selbst hin und stellt fest: das Meer ist groß und weit, aber doch eher grünlichgrau als türkisfarben. Die Berge sind in der Überzahl hoch, aber wenn sie sich wie meist aneinander kuscheln, sind sie nicht ganz so beeindruckend. Nicht dass es ihre Schuld wäre – wir erwarten meist einfach zu viel von ihnen.

Die Märchenerzähler von heute sind auch geübt darin, diese Erwartungen zu wecken. Ihre Kunst besteht allerdings im Weglassen störender Details. Auf einen naturbelassenen Strand kann man sich zu Hause freuen; erst vor Ort entdeckt man den liegen gebliebenen Müll der Party vom Vorabend und den der Party davor natürlich auch, hübsch dekoriert mit verrottendem Seetang. Mit etwas Glück muss der Besucher sich seinen Weg ins Wasser aber nur an zerquetschen Getränkedosen vorbei suchen und braucht nicht auf Glasscherben zu achten.

Wenn bei einem Hotel die ruhige Lage gepriesen wird, dann kann man sich sicher sein: diese Unterkunft liegt weit, weit weg von allem. Immerhin gibt es aber noch zumindest eine ordentliche Straße, die dorthin führt – sonst läge es nämlich nicht bloß ruhig, sondern wild-romantisch.

Am anderen Ende des Spektrums findet sich „verkehrsgünstig gelegen" und „belebt" - das steht für „Verkehrslärm bis spät in die Nacht" und möglicherweise „Nachtleben, bis die Sonne aufgeht". Ein „neu eröffnetes Hotel" ist oft noch teilweise eine Baustelle mit allem, was dazu gehört – unfertige Anlagen, Bauwerkzeuge und Baulärm. Hat sich die Unterkunft andererseits laut Werbetext ihre Authentizität bewahrt, dann gibt es schon deutlichen Renovierungsbedarf.

„Junges Serviceteam" ist die höfliche Umschreibung dafür, dass das Personal keine Erfahrung darin hat, die Probleme der Gäste zu lösen. Bei „unaufdringlichem Service" kann der Gast sich darauf einstellen, dass vom Personal erst mal keine Spur zu sehen ist.»Macht ja nichts! Geht doch auch ohne!« mag sich der Gast beim Frühstücksbuffet denken. Aber Vorsicht: Ist nicht von einem „reichhaltigen Frühstücksbuffet" die Rede, sondern nur von „Frühstücksbuffet", dann hat der Gast vor dem Gesetz Anspruch auf zwei Brötchen, die nicht verschiedener Art sein müssen, auf eine Sorte Konfitüre, Butter und Kaffee, die er sich holen kann - optional Obst aus der Dose.

Soweit dieser kurze Ausflug in die Wunderwelt der Tourismuswerbung, in der wenig so sein muss wie es scheint. Das Meer oder die Berge sind natürlich trotzdem da, und wer die großen Erwartungen herunterschraubt und sich auf sie einlässt, der kann allem Blendwerk zum Trotz eine schöne Zeit erleben. Es sei denn, die Natur selbst stellt sich quer. Die Victoriafälle in Afrika sind ein Ehrfurcht gebietender Anblick – außer im Oktober, wenn die Trockenzeit den mächtigen Sambesi zu einem schmalen Rinnsal reduziert hat.

Es gibt eine Anzahl von Orten, die ich besucht habe und an die ich gerne wieder zurückkehre. Aber immer wieder zieht es mich an den Ort meiner persönlichen Sehnsucht.

Es war Liebe auf den ersten Blick – so eine Fernsehcouch findet man nur einmal im Leben!

Der Traumfänger

*1998 sah ich auf einem Festival meinen ersten Traumfänger.
Neugierig fragte ich, wofür dieser Ring mit dem Netz drinnen und den
Federn und Perlen draußen gut sein sollte.
Ach?
Die Albträume verheddern sich im Netz und gelangen nicht bis zu mir?
Coole Sache ... aber wird der dabei nicht irgendwann voll?
Und so entstand diese Geschichte.*

Vielleicht haben Sie diese Gebilde ja selbst schon einmal gesehen: Ringe mit einer Art Spinnennetz, von deren Rand Perlenschnüre mit Federn hängen. Man nennt sie Traumfänger, und sie gehen auf einen indianischen Aberglauben zurück, der besagt, die guten Träume könnten ihren Weg durch die Öffnung in der Mitte des Netzes finden. Die schlechten Träume andererseits sollen sich darin verstricken und gefangen bleiben.

Das war nun genau die Sorte Aberglauben, auf die Gottfried bevorzugt reagierte, und deshalb wunderten wir anderen uns auch nicht besonders, als er sich so ein Ding ins Zimmer hängte. Aber Sie kennen ja meine Wohngemeinschaft noch nicht, damals kurz vor der Jahrtausendwende – ein Versäumnis, das ich sofort korrigieren werde.

Zuerst wäre da Johannes, der Informatik und Mathematik studierte. Er war Vegetarier und praktizierte Yoga, hatte aber für die verschiedenen Spielarten der Esoterik nur ein verächtliches Lachen übrig. Vor seinem Studium war er einmal Unteroffizier in der NVA und glaubte felsenfest an den letztendlich unvermeidlichen Sieg der kommunistischen Idee.

Dazu Friederike: sie glaubte eigentlich an alles, solange es alternativ, esoterisch und/oder ganzheitlich ist. Ihre Studienrichtung tendierte ins Sozialpädagogische. Wir hätten vielleicht sogar eine Beziehung miteinander angefangen, aber mein Aszendent stand im Weg.

Schließlich Gottfried: er war Buchhändler und ebenfalls sehr für das Transzendentale zu haben; es verging eigentlich keine Woche, in der er nicht anbot, einem von uns die Karten zu legen. Allerdings hatte er auch einige mehr irdische Interessen, bei denen wir uns recht gut verstanden; beispielsweise gab es eine ganze Menge Filme, die wir beide sehr gern sahen. Ich musste ihm nur in der ersten Woche klar machen, dass ich australische Didgeridoo-Musik wirklich gern höre – aber nicht um zwei Uhr nachts, wenn ich am nächsten Morgen zur Arbeit muss.

Und jetzt zu mir: Johannes war bei der NVA, ich war bei der Bundeswehr, und wenn wir die Küche für uns allein haben wollten, tauschten wir Erinnerungen an damals aus. Ich betrachte mich selbst als naturwissenschaftlich-technisch orientiert, ein Science-Fiction-Fan und Liebhaber der Horrorgeschichten von H. P. Lovecraft und Clark Ashton Smith. Mit Johannes und Gottfried verband mich das Talent zum gelegentlichen Herumspinnen, wobei wir zu dritt manchmal Ideen ausbrüten, die keiner von uns alleine gehabt hätte. Synchronizität nennt man so etwas. Meine esoterischen Steckenpferde waren Feng Shui und Wilhelm Reichs Orgonen-Theorie.

Meine Brötchen verdiente ich übrigens in der Universitätsbibliothek.

Und zuletzt kam da noch Gottfrieds alter Schulfreund Theo für eine kurze Zeit ins Spiel. Ein Death-Metal-Fan, wie ich sie eigentlich immer für ein Klischee hielt ...

Es war am Wochenende des Festivals. Von Freitag bis Sonntag spielten Bands und fanden andere Veranstaltungen statt, mit einer Bandbreite vom Death Metal bis zur Wave- und Neoromantik. Ich hatte mir entsprechend viel vorgenommen: Freitag erst die Lesungen im „Café Cult", danach die lange Gothic-Nacht im „Nachtasyl" und am Samstag das Filmfestival im alten Autokino. Dort sollte das Programm mit „Dark City" beginnen, danach „Die Mächte des Wahnsinns" und „Die Fürsten der Dunkelheit" – John Carpenter in Hochform, soweit es mich betrifft – und als Abschluss „Hellraiser 1 + 2" bis zum Sonnenaufgang.

Merkwürdig, wie sich diese kleinen Nebensächlichkeiten manchmal ins Gedächtnis einbrennen.

Gottfried hatte dafür keine Zeit: er besuchte seine Eltern, die ihre Silberhochzeit feierten. Aber sein Zimmer sollte nicht leer bleiben, denn für das Festival hatte er uns seinen alten Kumpel Theo angekündigt. Theo kam per Mitfahrgelegenheit und sah eigentlich ganz normal aus in seinem Parka, den Turnschuhen und seinem Seesack.

Dann zog er sich um. Schwarzes Leder, nietenbedeckte Unterarmschützer, ein Patronengurt um die Hüfte (Johannes und ich einigten uns schließlich auf 12,7 Millimeter), dazu ein kalkweiß geschminktes Gesicht mit aufgemalten Blutstropfen um die Mundwinkel. Als er zum ersten Mal in voller Maske in der Tür unseres Gemeinschaftsraums erschien, da wurde Friederike fast so bleich wie er.

Theo kam nie vor Sonnenuntergang aus Gottfrieds Zimmer, und er achtete sorgfältig darauf, dass ihn kein Sonnenlicht beim Schlafen störte. Wenn er mal was brauchte, versorgte er sich aus unserem Kühlschrank oder an verschiedenen Tankstellen, und von seinen bevorzugten Konzerten und den Partys danach im „Hammerwerk" kam er Freitag und Samstag erst kurz vor Sonnenaufgang zurück.

Ich glaube, Friederike fiel ein Stein vom Herzen, als Theo am Sonntagabend samt seinem Seesack abreiste.

Er traf nur ganz kurz mit Gottfried zusammen; sie tauschten einen Händedruck und ein paar Erinnerungen aus, Theo lud seinen alten Kumpel ein, ihn doch einmal in Köln zu besuchen... und dann war er weg. Gottfried erklärte kurz, er sei todmüde, und ging in sein Zimmer. Er öffnete das Fenster, zog die Rollos hoch und legte sich schlafen.

Etwa eine halbe Stunde vor Sonnenaufgang wurden wir alle durch einen entsetzlichen Schrei geweckt. Ich habe so etwas nie vorher gehört, und ich möchte eigentlich auch nie wieder einen solchen Schrei hören müssen. Ich stürzte in meiner Schlafanzughose aus meiner Tür und sah Gottfried in der Tür zu seinem Zimmer liegen.

Er sah grauenerregend aus. Blut lief ihm aus Nase, Augen und Ohren; an manchen Stellen blutete er auch aus der bloßen Haut, und das Weiße seiner Augen war völlig rot. Alles, was er noch von sich gab, war ein tonloses Krächzen; seine rechte Hand zuckte einmal, zweimal, verkrampfte sich, und dann war es aus.

Ich rief sofort den Notarzt, aber der konnte auch nur noch den Tod feststellen. Er sagte, so etwas habe er noch nie gesehen – Gottfrieds Blutdruck müsse für kurze Zeit eine unglaubliche Höhe gehabt haben.

Viel später nach der Autopsie erfuhr ich, dass Gottfried bei seinem Tod genug Adrenalin für zehn Männer im Blut hatte und dass fast alle Blutgefäße im Gehirn geplatzt waren.

Nach dem Anruf beim Notarzt setzten wir uns alle in die Küche und schauten uns minutenlang nur gegenseitig mit großen Augen an; wir standen alle unter dem gleichen Schock. Schließlich stand ich auf und ging hinüber ins Gottfrieds Zimmer; die Beamten der Kriminalpolizei, die viel später eintrafen, nahmen mir das ziemlich übel, aber ich hatte die schwache Hoffnung, irgendetwas zu finden, was mir diesen grausamen Tod verständlicher machen könnte. Unterwegs hörte ich die Klingel und betätigte den Türöffner – das musste wohl der Notarzt sein.

Friederikes Katze Hathor stand vor der offenen Tür; sie machte einen Buckel, fauchte und floh. Ich erinnere mich daran, dass es draußen langsam hell wurde, dieses seltsame fahlgraue Licht kurz vor Sonnenaufgang, und mein Blick fiel unwillkürlich auf Gottfrieds Traumfänger; es erschien mir so, als ob er dieses Halblicht schlucken würde. Als läge ein Schatten über ihm, geworfen von etwas, das ich nicht sehen konnte - was man aber auch meiner rückwirkenden Einbildung zuschreiben mag.

Ich fiel. Ich stürzte aus ungeheurer Höhe auf eine gewaltige Ansammlung zyklopischer Steinbauwerke zu. Ich wusste, dass es mich beim Aufschlag zerschmettern würde, und das war gut so, denn so würden die entsetzlichen Kreaturen, die ich dort unten immer deutlicher warten sehen konnte, mich zumindest nicht lebend in Stücke reißen!

Dann kam ich wieder zu mir. Mein Herz hämmerte wie verrückt, Friederikes Haar hing mir ins Gesicht und Tränen tropften auf mich herab. Johannes hielt meinen Arm fest, in den der Notarzt irgendein starkes Beruhigungsmittel injiziert hatte, und durch das Fenster fiel der erste Sonnenstrahl auf den Traumfänger. Ich hörte einen hohen, klirrenden Ton, und dann zersprang das Ding in unzählige Holzsplitter.

Ich habe seitdem etwas mehr über Traumfänger erfahren. Die Indianer sagen, dass die gefangenen bösen Träume sich im Tageslicht auflösen. Aber bei uns hatte Theo dafür gesorgt, dass kein Licht auf den Traumfänger fallen konnte. Und als Gottfried heimkam und die Rollos hochzog, da war es bereits dunkel ...

Ich weiß nicht, ob Sie meine Erklärung glauben wollen. Weiß Gott, ich wollte es nicht, aber ich finde einfach keine andere plausiblere oder gar wissenschaftlich verständliche Begründung, genauso wenig wie der Arzt bei Gottfrieds Autopsie. Die aufgestaute psychische Energie von Theos schlechten Träumen und ein kleines bisschen von Gottfrieds eigenen hatten den Traumfänger bis zur Grenze seines Fassungsvermögens aufgeladen und waren dann schlagartig frei geworden, und der unglückliche Gottfried war der Blitzableiter.

Als ich den Raum betrat, war wohl nur noch ein schwacher Rest vorhanden. Aber wäre nicht die Sonne aufgegangen, dann hätte es für mich wahrscheinlich auch noch ausgereicht.

Und bis heute kann ich nicht aufhören, mir die Frage zu stellen: Wusste Theo, was er tat?

Der letzte Zug

Im Frühjahr 2015 schrieben die Deutsche Bahn und die Süddeutsche Zeitung einen Wettbewerb aus: Man suchte eine Kurzgeschichte über eine Bahnfahrt, tatsächlich erlebt oder auch erfunden, mit maximal 8500 Zeichen. Als Hauptgewinn winkte eine "Bahncard 100", und ein Jahr lang umsonst mit der Bahn zu fahren, das wäre schon was für mich. Meine Geschichte hat damals nicht gewonnen.

Normalerweise verbringe ich meine Nächte nicht auf Bahnhöfen. Aber mein Anschlusszug hatte dann doch nicht mehr warten können, und so saß ich auf diesem Bahnsteig im osthessischen Fulda und war dankbar, dass der Herbst sich für die letzte Nacht im Oktober noch ein bisschen Wärme aufgespart hatte. Eigentlich musste ich ja nur irgendwie bis nach Bebra kommen, denn dort stand mein Auto auf dem Park&Ride-Platz. Morgen war allerdings ein Feiertag, und deshalb ging der erste Zug in meine Richtung erst kurz nach sechs Uhr früh. In meiner Jugend hätte ich unter diesen Umständen mein Glück wahrscheinlich als Anhalter auf der Bundesstraße versucht, aber seit wenigstens zehn Jahren habe ich niemanden mehr gesehen, der am Straßenrand den Daumen hoch hält.

Vor mir lag eine lange Nacht, und der Schnellimbiss gegenüber der Bahnhofshalle blieb nur bis Mitternacht offen – also ging ich los und nutzte diese letzte Gelegenheit, mir meine Warmhaltetasse mit Kaffee füllen zu lassen. Dazu noch einen Pappbecher für gleich, und dann kehrte ich auf meinen leeren Bahnsteig zurück und wickelte mich tief in meine Jacke ein.

Zuerst merkte ich gar nicht, dass ich Gesellschaft bekommen hatte. Ein Mann mit Hut in langem Mantel stand etwa hundert Meter von mir entfernt in der südlichen Hälfte des Bahnsteigs. Ein zweiter Mann, ohne Hut und mit einer Lederjacke, kam aus der Unterführung hoch auf den Bahnsteig und stellte sich ungefähr zwischen mich und den Mann im Mantel.

Der Mann sah nicht so aus, als ob er die nächsten sechs Stunden so verbringen wollte. Hatte ich einen Sonderzug übersehen? Hielt hier vielleicht irgendein Konkurrenzunternehmen der Bahn mit einem Nachfolgeangebot für die eingestellten Nachtzüge, von dem ich nichts gehört hatte und das auf den Fahrplänen der Bahn auch nicht auftauchte? Egal. Soweit ich wusste, ging es von diesem Bahnsteig aus nur auf der alten Nord-Süd-Trasse nach Bebra. Möglicherweise auch an Bebra vorbei und ohne Halt weiter bis Eisenach, aber das erschien mir immer noch besser als hier zu bleiben.

Dann sah ich, dass der Zuganzeiger eine Störung hatte. Anstelle einer Zugnummer, der Fahrziele und der Abfahrtszeit zeigte er nur noch weißes Rauschen auf blauem Untergrund. Das war ärgerlich, aber keine Katastrophe. Ich musste mich ja sowieso auf die Suche nach dem Zugbegleiter machen und in Erfahrung bringen, ob meine Bahnfahrkarte anerkannt wurde.

In der Ferne tauchten die Lichter eines Triebwagens auf – oder jedenfalls hielt ich sie zunächst dafür. Erst beim Näherkommen konnte ich erkennen, dass der Zug von einer E-Lok gezogen wurde, und zwar von einem alten Modell, das den Mittelscheinwerfer noch oberhalb des Führerstands trug statt mitten auf der Nase. So eine Lokomotive hatte ich eigentlich seit der Wiedervereinigung nicht mehr vor einem Personenzug gesehen. Aber die Anhänger, die diese Lokomotive zog – die weckten wirklich alte Erinnerungen. „Silberlinge" aus Edelstahl mit aufgebürstetem Pfauenaugenmuster? Rote Kunstledersitzgruppen mit Gepäckablagen über den Rückenlehnen? In Waggons mit derartiger Ausstattung hatte ich zuletzt während meiner Dienstzeit bei der Bundeswehr gesessen.

Immerhin wusste ich noch, wie man diese Doppeltüren auf bekommt. Der Türgriff fühlte sich kalt an in meinen Fingern, aber mein Handgelenk beherrschte noch die richtige Kombination aus Drehen und Ziehen, und der Weg ins Innere war frei.

Ich stieg also über die beiden Trittstufen und wollte die Tür gerade wieder zufallen lassen, als ich hastige Schritte hörte. Eine große, schlanke Frau mit wehenden langen Haaren war auf den Bahnsteig gekommen und eilte auf meine offen stehende Tür zu. Also reichte ich ihr die Hand und half ihr in den Waggon, während vorne in der Nähe der Lokomotive eine Trillerpfeife erklang.

»Ich danke Ihnen,« sagte sie und rang nach Luft, während der Zug anruckte. »Ich hätte eher kommen sollen, aber ... es ist so schwer, sich zu verabschieden.«

Trauer klang in ihrer Stimme. Trauer und Verlust.

»Ist ja nichts passiert,« antwortete ich. »Jetzt setzen Sie sich erst mal. Und wenn es Ihnen nichts ausmacht, setze ich mich für eine Weile zu Ihnen?«

Wir waren nicht allein im Waggon, aber es gab doch noch viele freie Plätze. Sie zögerte einen Moment, dann nickte sie, und wir setzten uns einander gegenüber. Ich stellte mich vor, und sie nannte mir ihren Namen.

»Ich bin Maria.«

Ihre Stimme brachte etwas in mir ins Schwingen. Sie rührte an bittersüße Erinnerungen aus der Zeit vor meinem Abitur.

Ich fing an, von dem Konzert in Frankfurt zu erzählen und wie ich es vor der letzten Zugabe verlassen hatte, um noch rechtzeitig den letzten Zug nach Hause zu erreichen – den Zug, der dann unterwegs genug Verspätung ansammelte, um mich in Fulda über Nacht stranden zu lassen. »Ich lief, so schnell ich nur konnte, um noch rechtzeitig den Bahnsteig zu erreichen, und dann ... „Störungen im Betriebsablauf", wie man so sagt.«

Maria nickte mitfühlend und sagte: »Ich weiß noch, wie ich neben meinem völlig zertrümmerten Auto stand und mich wunderte, wie ich es nur geschafft hatte, da heil herauszukommen. Und dann holten die Feuerwehrleute meinen leblosen Körper aus dem Wrack. Wie war das für dich?«

Ich öffnete den Mund, brachte aber keinen Ton heraus. Dann nahm ich ihre Hand, die nicht einfach kühl war, sondern kalt. Ihre Augenlider flatterten überrascht.

»Du bist nicht tot.«

»Nein. Nein, das bin ich nicht. Aber du bist ... ein Geist?«

Maria biss sich auf die Unterlippe und nickte. »Ein Unfall auf der Autobahn. Ein Reisebus hat mein Auto in einen Lastwagen gequetscht. Ich hatte keine Chance.« Sie beugte sich vor und sah mir in die Augen. »Dies ist die Nacht auf Allerheiligen, in der ich meine Eltern und meine Tochter besuchen kann – und das hier ist der Zug, der die Geister wieder einsammelt und zurück bringt. Du solltest gar nicht hier sein. Steig aus, sofort! Wenn wir erst mal in einen Tunnel fahren, dann ist es zu spät dafür!«

Ich stand auf, öffnete das Fenster und steckte den Kopf hinaus. Der Vollmond goss sein Licht über die Landschaft aus, und in Fahrtrichtung blinkte der Polarstern. Der Zug fuhr mit hoher Geschwindigkeit durch die Nacht, aber ich konnte nicht erkennen, wo wir waren. Auf der Nord-Süd-Strecke gibt es südlich von Bebra keine Tunnel, und durch Bad Hersfeld waren wir noch nicht gekommen. Natürlich gab es keine Garantie, dass dieser Zug an einem der Bahnhöfe anhalten würde.

Mir fiel nur ein einziger Ausweg ein. Also holte ich tief Luft, sagte: »Mach's gut, Maria!« und zog die Notbremse.

Die Bremsen kreischten auf, und ein gewaltiger Ruck ging durch den Wagen. Ich verlor den Halt und knallte mit der Stirn gegen die Gepäckablage – und dann war Maria da und stützte mich, half mir zur Tür und machte sie mir auf.

Schwankend stieg ich die Trittstufen hinunter und ließ mich neben den Bahndamm fallen, dann rappelte ich mich hoch und wagte ein paar Schritte in die Nacht, ehe ich mich umdrehte und zurück sah. Maria stand noch in der offenen Tür. Ich hob die Hand und winkte ihr zu, und ihr Umriss winkte zurück. Dann schloss sie die Tür wieder, und wenig später fuhr der Zug an und entfernte sich in die Dunkelheit.

Ich erwachte auf dem Bahnsteig in Fulda, mit einem Pappbecher voller kalten Kaffees neben mir. Ich muss eingeschlafen sein und das alles geträumt haben.

Ein Zug wie vor vierzig Jahren, der in der Nacht von Halloween die Geister abholt? Vermutlich sehe ich zu viele Filme.

Und es gibt auch überhaupt keinen vernünftigen Grund, am nächsten 31.Oktober gegen Mitternacht am Bahnsteig in Fulda auf Maria zu warten.

Aber das wird mich nicht davon abhalten.

Šimáneks Geheimnis

Jedes Jahr im Mai findet in Niederweimar bei Marburg der Marburg-Con statt. Dazu gehört auch der Marburg-Award, ein Kurzgeschichten-Wettbewerb mit jährlich wechselndem Thema. Das Thema 2018 lautete „Fataler Fehler!", und so konnte ich eine Idee vom Staub befreien, mit der ich vor Jahren schon mal den Untergang der Erde einleiten wollte. Fast hätte es ja 2018 für einen Award ausgereicht – ich teilte mir am Ende mit einem anderen Autor den vierten Platz.

Die Karte, die der alte Mann ihm verkauft hatte, war jede Krone wert; Alexander Moreau fand den Stolleneingang genau dort, wo er laut Markierung sein sollte. Nach zwei Metern stieß er auch auf die Stahlgittertür, die vor dreißig Jahren das Bergamt hatte anbringen lassen, um die im Stollen nistenden Fledermäuse vor Störungen durch unvorsichtige Neugierige zu schützen. Das Vorhängeschloss konnte ihn nicht lange aufhalten.

Der Haupteingang zur neu gegründeten Nuklearendlagerstätte Oloví wurde angemessen scharf bewacht, aber in fünfhundert Jahren Bleibergbau waren für verschiedene Zechen Dutzende Schächte in den Berg getrieben worden. Dieser hier hatte ursprünglich gar nicht zur Zeche „Maria Theresia" gehört, aber als die Armee der Donaumonarchie im Ersten Weltkrieg wieder Blei aus dem böhmischen Erzgebirge fördern ließ, hatte man den Stollen zur besseren Entlüftung und als Notausgang mit dem Gangnetzwerk verbunden.

Vorsichtig bewegte der Eindringling sich über den mit Fledermausguano bedeckten Boden weiter ins Berginnere. Die

Infrarotlampe und seine Nachtsichtbrille halfen ihm bei der Orientierung. Schließlich weitete sich der Stollen zu einer niedrigen Kammer, in deren Mitte ein rundes Loch im Boden klaffte. Laut der Karte sollte dieser Schacht etwa neun Meter tiefer auf einen Stollen der „Maria Theresia" treffen. Seine Strickleiter reichte für zehn Meter, und das sollte mehr als genug sein.

Moreau stellte seinen Rucksack ab und holte als Erstes eine LED-Lampe heraus, um Licht zum Arbeiten zu haben. Als Nächstes folgten der Hammer und die Felshaken. Der Eindringling trieb beide Haken ins Gestein am Rand der Schachtöffnung, wobei er darauf achtete, beim Hämmern nicht in einen Rhythmus zu verfallen. Als er mit dem Sitz der Haken zufrieden war, machte Moreau die Strickleiter daran fest und ließ sie in die Tiefe abrollen. Schließlich packte er noch das Dosimeter aus und steckte es in die Brusttasche seiner dunkelgrauen Jacke; dann schloss er die Augen, um sie wieder an die Dunkelheit zu gewöhnen, und knipste die LED-Lampe wieder aus.

Es war eine clevere Idee des Betreibers Václav Šimánek gewesen, ein aufgegebenes Bleibergwerk in ein Zwischenlager für ausgebrannte Kernbrennstäbe umbauen zu lassen. Nicht unbedingt das, was man von einem Studienabbrecher der Prager Karlsuniversität erwartete, der einige Jahre lang seinen Unterhalt mit einem Entrümpelungsunternehmen bei Haushaltsauflösungen bestritten hatte.

Natürlich war den knapp zweitausend Einwohnern der alten Bergstadt Olovi, die bis 1945 „Bleistadt" geheißen hatte, zunächst nicht allzu wohl bei der Idee gewesen – aber seit die Glashütte im Jahre 1990 den Betrieb eingestellt hatte, war es sehr schwierig geworden, hier Arbeit zu finden. Endgültig gewonnen hatte Šimánek dann nach der Ankündigung, in Oloví solle ein Labor entstehen, in dem man die kontrollierte Transmutation von strahlendem Material in andere Elemente erforschen würde, die wesentlich früher keine Gefahr mehr darstellten. Plötzlich waren nicht nur neue Arbeitsplätze in Reichweite, sondern Anreize für junge, gut ausgebildete Menschen, sich im deutsch-tschechischen Grenzland niederzulassen.

Weil der Anschluss an die Bahnlinie zwischen Sokolov und dem deutschen Zwickau noch aus der Zeit der Glashütte übriggeblieben war, sollte es auch kein Problem sein, das strahlende Material nach Oloví zu transportieren und erst einmal in den Stollen des Bergwerks einzulagern, bis das Forschen richtig losgehen konnte – wann immer es tatsächlich so weit sein mochte. Die Umweltschutzgruppe, für die Moreau heimlich in das Bergwerk einstieg, hatte den Verdacht, dass dieser Zeitpunkt nie kommen und Šimánek sich stattdessen mit dem Geld aus dem Staub machen würde.

Moreau seilte zuerst den Rucksack in die lichtlose Tiefe ab und zählte dabei stumm die Knoten mit, die er im Abstand von je einem Meter in die Leine geknüpft hatte. Acht Knoten liefen durch seine Hände, dann hatte der Rucksack den Boden erreicht und die Leine verlor ihre Spannung. Gewissenhaft befestigte der junge Mann die Leine ebenfalls an einem der Haken, bevor er selbst die Strickleiter hinunter kletterte.

Am Boden angekommen zog Moreau die Nachtsichtbrille wieder auf und schaltete den Infrarotscheinwerfer an. Er stand in einem zwei Meter breiten und genau so hohen Stollen, der zur Hälfte von einem schmalspurigen Schienenstrang beansprucht wurde. Irgendwo in der Ferne plätscherte Wasser, aber aus welcher Richtung, das konnte er nicht feststellen. Der Karte nach sollte es rechts von ihm tiefer in den Berg hineingehen, während der Stollen nach links in Richtung Hauptschacht und zum Eingang des Bergwerks verlaufen müsste. Moreau wandte sich nach links und suchte nach Spuren von Aktivität aus neuerer Zeit.

Nach etwa dreißig Metern mündete sein Stollen in einem Winkel von etwa sechzig Grad auf einen anderen Gang. In Hüfthöhe hing eine Kette von einer Stollenwand zur anderen und sollte offenbar Mitarbeiter darauf hinweisen, dass dieser Zweigstollen für sie gesperrt war. Eine Weiche im Schienenstrang war so eingestellt, dass eine Grubenbahn den Hauptstollen entlang fahren würde. Das Geräusch war jetzt lauter und klang eher wie Regen auf dem Flachdach einer Bushaltestelle, und tiefer im Berg schien Licht. Arbeitete hier etwa noch jemand?

Vorsichtig pirschte Moreau sich näher heran. Der Stollen mündete in eine Kammer, in der der Schienenstrang der Grubenbahn sich in mehrere Richtungen verzweigte. Ein halbes Dutzend Natriumdampflampen vergoldeten alle glatten Oberflächen mit ihrem gelben Schein und machten seine Nachtsichtbrille überflüssig.

Direkt neben der Stollenmündung und an anderen exponierten Standorten waren etwa ein halbes Dutzend Geigerzähler installiert worden, die hektisch vor sich hin prasselten und jedem Besucher verkündeten, dass selbst der kürzeste Aufenthalt in dieser Kammer schon zu lang für die Gesundheit war. In der Mitte des Raumes stand auf einem der schmalspurigen Gleise ein Transportwagen, der einen langen Metallstab trug. Moreau schätzte die Länge des Stabes auf etwa fünf Meter; der

Querschnitt war quadratisch mit weniger als dreißig Zentimetern Seitenlänge. Das waren typische Dimensionen für ein Reaktorbrennelement, in dessen Innerem mehr als zweihundert dünne Röhrchen voller Uranpellets steckten – oder eben dem, was nach Tagen und Wochen im Herzen eines Reaktors daraus geworden war.

Obwohl die Geigerzähler an den Wänden der Kammer unausgesetzt ihre Warnung verbreiteten und dabei klangen wie ein Frühlingsschauer auf einem Wellblechdach, gab Moreaus Dosimeter zufolge dieses Element nicht etwa intensive radioaktive Strahlung ab, noch nicht einmal schwache Strahlung – es strahlte einfach gar nicht. Und das sollte nach dem bekannten Stand der Forschungen nicht möglich sein.

Die Gruppe von Professor Shafeyev in Moskau hatte es zwar im Labor geschafft, Cäsium 137 mit seiner Halbwertszeit von dreißig Jahren im Zeitraum von einer Stunde in nicht strahlendes Barium umzuwandeln, aber die Russen arbeiteten dabei nicht mit soliden Körpern, sondern mit Lasern, Nanopartikeln und wässrigen Lösungen.

Die europäische Forschungsgruppe andererseits steckte im belgischen Mol Milliarden von Euro in ein Projekt namens *MYRRHA*, das radioaktiven Müll mit langer Halbwertszeit durch Bestrahlung mit Partikeln aus Teilchenbeschleunigern umwandeln sollte in immer noch strahlenden Atommüll, aber mit wesentlich geringerer Halbwertszeit.

Was also lief hier ab?

Auf jeden Fall gab sich jemand große Mühe, den Schein zu wahren. Wer nicht gerade einen eigenen Geigerzähler mitgebracht hatte, der würde nicht länger in dieser Kammer bleiben als unbedingt erforderlich und die ganze Zeit über auf einen respektvollen Abstand zu dem Transportgestell mit dem Brennelement achten.

Natürlich bestand auch die Möglichkeit, dass Moreaus hochmodernes Dosimeter gerade jetzt nicht richtig funktionierte – aber die automatische Funktionsüberprüfung behauptete, mit dem Gerät sei alles in Ordnung, und der junge Mann beschloss, seiner eigenen Technik zu vertrauen und es darauf ankommen zu lassen.

Nirgendwo im Raum war Bewegung zu sehen. Moreau machte ein paar vorsichtige Schritte und zielte mit dem Dosimeter in den Raum wie ein Polizist mit seiner Dienstwaffe beim Durchsuchen einer Wohnung nach einem Tatverdächtigen. Eine mannshohe Backsteinmauer teilte einen Abschnitt der Kammer vom Hauptraum ab, und er warf einen Blick um die Mauer herum auf eine Werkbank. Hier war der Boden mit Platten aus Metall abgedeckt.

Auf der Werkbank stand ein Kleintierkäfig, in dem etwas sehr tot Aussehendes lag. Eingeschrumpft, vertrocknet, ausgedörrt – der Anblick erinnerte Moreau an Bilder aus Filmen, in denen sich jemand in der Wildnis verirrt hatte und kleine Nagetiere über offenem Feuer am Spieß braten musste, um nicht zu verhungern. Dass dieses Etwas im Licht der Natriumdampflampen metallisch glänzte, war allerdings ungewöhnlich.

Neben dem Käfig lagen mehrere Seiten mit handschriftlichen Notizen, auf denen ein Zylinder stand, der auf den ersten Blick wie eine Thermoskanne aussah. Im Text verstreut fand Moreau ein paar Zeichen, die nicht zum lateinischen Alphabet gehörten. Eines sah aus wie ein Kreis mit einem Punkt in der Mitte, an ein anderes erinnerte er sich aus dem Biologieunterricht: Der Kreis mit dem nach rechts oben herausragenden

Pfeil stand für das männliche Geschlecht – und für den Planeten Mars, wie ihm plötzlich wieder einfiel. Dieses Symbol stand aber für sich allein mit einem Fragezeichen.

Die „Thermoskanne" hatte in ihren Seiten mehrere Bohrlöcher mit Gewinde und war überraschend schwer, als Moreau sie anhob, um einen besseren Blick auf die Papiere zu bekommen. Das Oberteil war aus kühlem Metall und ließ sich leichtgängig aufschrauben. Darunter ragte eine dunkle Halbkugel aus einer Blende heraus – ganz genau wie bei einem übergroßen Deoroller.

Sein Dosimeter entdeckte auch hier keine Spur von Radioaktivität. Der junge Mann legte einen Finger auf die Halbkugel und zuckte zusammen, als er einen leichten elektrischen Schlag verspürte. Die Kugel ließ sich mit Kraftaufwand etwas tiefer in das Behältnis drücken – anscheinen war sie federnd gelagert. Ein seltsames Ding.

Moreau stellte den „Deoroller" ein Stück zur Seite und zog sein Smartphone aus der Tasche, um die Notizen zu fotografieren. Er machte eine Probeaufnahme und stutzte. Das Blitzlicht war in Ordnung, die Aufnahmequalität stimmte auch, aber am Bildrand war die Verschlusskappe des „Deorollers" zu sehen – und sie glänzte im weißen Licht des Blitzes wie reines Gold.

Der junge Mann fühlte sich plötzlich schwach und müde. Die Werkbank schien vor ihm zu schwanken, während in seinem Körper die Transmutation tobte und immer mehr Eisenatome im Hämoglobin seiner roten Blutkörperchen zu Goldatomen umbaute, die den Körper dann jedoch nicht länger mit Sauerstoff versorgen konnten.

Die Papiere des alten Alchemisten enthielten deutliche Anweisungen zum Schutz bei der Arbeit mit seinem „Stein der Weisen", und der glückliche Finder Václav Šimánek hatte sie immer sorgfältig befolgt: nur Gold konnte die Transmutation aufhalten oder verhindern. Deshalb war auch der Boden rings um die Werkbank mit in Gold verwandelten Platten abgedeckt, und aus Gold bestanden auch die Aufnahmehalterungen auf den Transportwagen für die Kernbrennelemente, die Šimánek in unschädliches, wertvolles Gold umzuwandeln gedachte – gut für sein Bankkonto und zugleich ein Dienst an der Menschheit.

Alexander Moreaus Schicksal allerdings war besiegelt.

Die lange Wacht

Der Marburg-Award 2019 stand unter dem Motto „Viel zu heiß!" Meine erste Idee führte mich eine Welt nach der Klimakatastrophe, in der Menschen unterirdisch leben und ihre Siedlungen nur nachts verlassen – falls überhaupt. Aber dann vernahm ich die Stimme der Wüste …

Die Weiße Wüste ist kein gastfreundlicher Ort. Ägyptens Pharaonen betrachteten sie als angemessenen Platz für Sträflinge und Verbannte. Doch um ein Gebiet der Weißen Wüste machen sogar die Geier einen Bogen – und jene, die ihre Abstammungslinie bis zurück zu den Medjau des Neuen Reiches verfolgen können, wissen auch, warum das so ist. Dies ist kein Ort für Lebende. Dafür hat jener Pharao gesorgt, dessen Name später in ganz Ägypten aus allen Aufzeichnungen getilgt und auf allen Bauwerken weggemeißelt wurde.

Leider deutete der Zeigefinger des Touristen auf der Karte genau in die Mitte dieses verfluchten Landes.

Ahmad Fakrudi schüttelte den Kopf.

»Das ist kein guter Ort, Effendi.« Welcher Vorwand war am ehesten geeignet, diesen verrückten *afrangui* von seinem Plan abzubringen? Amerikaner ließen sich oft von der Einsamkeit abschrecken. »Falls wir dort in Not geraten, sind wir völlig auf uns allein gestellt. Dort gibt es kein Netz und keinen Funkempfang. Und zu sehen gibt es auch nichts.« Der Wüstenführer grinste. »Dort langweilen sich selbst die Steine.«

»Das ist mir egal«, erwiderte der Tourist. »Genau da will ich hin. Ich habe Sie gefragt, weil man mir sagte, Sie wären der beste Führer, den man für Ausflüge in die Sahara el Beida mieten kann. Aber wenn Sie nicht wollen, dann gebe ich den Auftrag eben dem zweitbesten Mann.«

Ahmad schnaubte, halb belustigt, halb enttäuscht von der Plumpheit seines Gegenübers.

»Das können Sie natürlich machen, Effendi. Aber auch der wird Ihnen weder Funkverbindungen noch Sehenswürdigkeiten dorthin zaubern können. Wenn Sie darauf bestehen und es unbedingt diese tausend Quadratmeter weißes Nichts sein müssen anstelle irgendeiner der bekannten Felsformationen, dann werde ich Sie eben führen – es ist Ihr Geld, und Sie können es ausgeben, wie es Ihnen beliebt. Aber falls Sie sich später beklagen möchten, denken Sie bitte daran: Ich habe es Ihnen ja gesagt ...«

Wieder fuhr der Finger des Touristen auf die Karte herab wie der Schnabel eines Geiers.

»Solange Sie mich genau hier hin bringen, werden Sie mich nicht jammern hören.« Er versuchte sich an einem Lächeln, das allerdings nicht bis zu den Augen reichte. »Mein Name ist Conrad Harrison.«

Harrison staunte, als Ahmad ihn zu seinem Fahrzeug führte. Der alte Chevrolet-Anderthalbtonner hatte vor vielen Jahren einmal eine knallrote Lackierung erhalten und die Sonnenschutzplane über der Ladefläche hatte sich diese Signalfarbe auch erhalten, aber der Wagen selbst war von der erbarmungslosen Sonne zu einem kräftigen Altrosa ausgebleicht worden.

Der Wüstenführer lächelte.

»Das ist nicht mehr der Krieg, Effendi. Heute wollen wir aus der Luft gesehen werden können. Aber dem Wagen können Sie vertrauen! Der ist seit 1944 im Besitz meiner Familie und hat uns noch nie im Stich gelassen.« Er trat gegen einen der Reifen. »Wann soll es losgehen? Gleich jetzt oder doch lieber morgen früh nach dem Fadschr-Gebet?«

Der Amerikaner überlegte. »Wie lange werden wir brauchen, um dorthin zu kommen? Drei oder vier Stunden?«

»Eher vier Stunden, vielleicht sogar fünf,« antwortete Ahmad. »Es ist schwieriges Gelände dort, wo Sie hin wollen. Wir werden genug Wasser mitnehmen müssen. Meine Ausrüstung ist bereits auf dem Wagen. Wie viel Gepäck wollen Sie mitnehmen?«

Conrad Harrison gab sich geschlagen. »Dann besser morgen früh. Das Fadschr endet zum Sonnenaufgang, richtig? Ich werde hier sein.«

Mit der aufgehenden Sonne zu ihrer Rechten verließen sie Qasr al-Farafra auf der Straße in Richtung Bahariyyah. Nach knapp zwei Kilometern wandte sich die Straße nach Nordosten. Um sie herum entfaltete sich die Leere der Wüste. Nach etwas mehr als einer Stunde bremste Ahmad den Wagen ab und verließ die Straße in nordwestlicher Richtung. Dann begann er zu singen. Sein Passagier hüllte sich in Schweigen und starrte durch die Gläser einer verspiegelten Sonnenbrille in Fahrtrichtung. Salzkristalle funkelten im grellen Licht, und bizarr geformte weiße oder elfenbeinfarbene Felsen füllten die Landschaft bis zum Horizont.

Als der Wagen zum Stehen kam, protestierte Harrison: »Warum halten wir hier an? Bis zum Ziel sind es noch fast vier Kilometer!«

»Das stimmt wohl, Effendi. Aber hier gibt es Löcher ohne Grund, die den Wagen in wenigen Herzschlägen verschlingen könnten. Den Rest der Strecke müssen wir zu Fuß gehen.«

Der Amerikaner zerbiss einen Fluch zwischen den Zähnen und schluckte ihn herunter. Dann holte er ein Gerät aus seiner Kuriertasche und schnallte es sich ums linke Handgelenk. Ahmad erkannte es als GPS-Empfänger.

»Stehe nicht zwischen einem Narren und seinem Schicksal,« ermahnte sich der Wüstenführer in seiner Muttersprache. Auf Englisch fragte er: »Auf wie viele Schritte genau ist denn dieses Gerät, Effendi?«

»Die Positionsabweichung liegt bei weniger als zehn Metern. Exakt wie viele, das hängt von der Anzahl der Satelliten ab, die ich hier empfangen kann.«

»Weniger als zehn Schritte - das ist ein schmaler Pfad zwischen Leben und Tod. Halten Sie die Augen offen und beobachten Sie den Sand, das ist sicherer.«

Ahmad Fakrudi packte seine Ausrüstung zusammen und setzte sich in Bewegung. Er achtete auf Tierfährten und auf die Farbe des Sandes. Conrad Harrison folgte ihm in einem Abstand von knapp fünf Metern und trat dabei in Ahmads Fußspuren. Falls er die Signalpistole unter dem Gewand seines Führers bemerkt hatte, verlor er zumindest kein Wort darüber.

Vier Kilometer legten die beiden Männer schweigend zurück. Die Stille an diesem Ort war nicht einfach eine Abwesenheit von Geräuschen wie dem Wispern von Sandkörnern, die ein gelangweilter Wind lustlos vor sich her trieb – hier war die Stille wie der Wasserspiegel am Grund eines Brunnens, geduldig darauf lauernd, jeden Laut einzufangen und in der lichtlosen Tiefe einzuschließen. Der erfahrene Wüstenführer leitete seinen Kunden immer tiefer hinein in das Labyrinth der vom Wind rundgeschliffenen Felsen, und Harrison prüfte immer wieder, ob sie seinem Ziel tatsächlich näher kamen. Außerdem schaute der Amerikaner sich jetzt immer öfter um, als ob er einen ganz bestimmten Anblick erwartete.

Schließlich hielt Ahmad an und sagte: »Wir sind da, Effendi. Genau dort, wo Sie hin wollten.« Für den Geschmack des Wüstenführers waren sie bereits beunruhigend nah herangekommen an jenen verfluchten Ort, und er fragte sich, ob der Amerikaner jetzt wohl Vernunft annehmen würde.

Harrison starrte auf sein GPS-Gerät, das dem Wüstenführer Recht gab. Dann schüttelte er den Kopf.

»Aber ... das kann nicht sein! Die Koordinaten stimmen, sie stimmen genau, aber es ist nicht hier! Hier ist gar nichts!«

»Wie ich es Ihnen gesagt habe, Effendi. Was haben Sie denn hier zu finden erwartet, wenn ich fragen darf?«

Die Selbstsicherheit des Amerikaners war zerbrochen wie die Schale einer Walnuss. »Ich habe eine handgezeichnete Karte, und sie zeigt an genau diesem Ort eine Felsformation wie ein Tor. Das Tor zur Weißen Stadt Zerzura, wie es im Buch der Schätze beschrieben steht.«

»Zerzura. Ausgerechnet Zerzura.« Ahmad schüttelte den Kopf. »Seit fünfhundert Jahren jagen Menschen mit diesem Buch in der Hand hinter der Weißen Stadt und ihren märchenhaften Schätzen her. Falls das Buch tatsächlich etwas taugen sollte - was glauben Sie denn, was nach all dieser Zeit dort noch übrig geblieben ist?«

»Das Gold, das die Nazis dort 1942 eingelagert haben, um einen Putsch in Ägypten zu finanzieren,« erwiderte Harrison.

»Aber das ist doch Unsinn! Wie sollte denn irgendwelches Gold der Deutschen ausgerechnet dort hingekommen sein?«

Und da war es auch schon wieder zurück, dieses überhebliche Lächeln auf dem Gesicht seines Kunden.

»Graf Almasy hat es an dieser Stelle deponieren lassen während der Vorbereitungen für die Operation Salam. Er kannte die Wüste und wusste, dass niemand, der nicht zu den Eingeweihten gehörte, zufällig hierher kommen und danach suchen würde.«

Ahmad lachte. »Graf Almasy? Abu Ramla? Der ist niemals hier gewesen. Er hat die libysche Wüste viel weiter im Süden erkundet, westlich von Gilf el-Kebir. Ein paar andere Mitglieder des Zerzura-Clubs haben in dieser Gegend nach der Weißen Stadt der Legende gesucht, aber vor neunzig Jahren aufgegeben.«

»Richtig. Und Almasy wusste das auch. Also hat er seinen Freunden bei der Abwehr genau diesen Ort empfohlen, um das Gold zu lagern, mit dem sie die ägyptische Regierung stürzen wollten.«

Bei der verdrehten Art zu denken, die den Männern aus Europa eigen war, ergab das sogar einen Sinn. Ahmad schnaubte. »Darf ich diese Karte einmal sehen, der Sie folgen wollen, Effendi?«

Harrison zögerte, aber dann gab er nach und holte eine Plastikfolie aus einer seiner Taschen, die ein zusammengefaltetes Stück Papier enthielt. Als er die Skizze entfaltet hatte, sah Ahmad ein großes Hakenkreuz in der Mitte, dessen Arme zwei markante Felsformationen berührten. Die eine sah tatsächlich aus wie ein kruder Torbogen und trug die Koordinaten, an denen sie sich jetzt aufhielten.

Ahmad kannte einen derartigen Felsen aus sicherer Entfernung – er befand sich noch einige Kilometer weiter westlich von hier. Derjenige, der die Position des Felsens bestimmt und aufgeschrieben hatte, der hatte nicht die satellitenunterstützte Präzisionsmesstechnik des späten 20. Jahrhunderts zur Verfügung gehabt, sondern musste mit gröberen Werkzeugen zurechtkommen, und so war die Angabe weitaus weniger exakt geworden als Conrad Harrison es gewohnt war. Und da war noch etwas anderes …

»Effendi, sehen Sie, hier? Das Hakenkreuz dreht sich in die falsche Richtung. Diese Zeichnung hat kein Deutscher gemacht.« Oder aber, ergänzte Ahmad stumm für sich, ein Deutscher hat diese Zeichnung gemacht und wollte uns davor warnen, hierher zu kommen. Zu schade, dass seine Botschaft nicht verstanden worden war. »Woher haben Sie diese Karte bekommen, Effendi?«

»Die stammt aus einem im Sand stecken gebliebenen Autowrack am Rand der Qattarasenke südwestlich von El Alamein,« knurrte Harrison. »Bei einem Trödler auf dem Basar von Kairo wäre ich misstrauischer gewesen. Es ist also eine Fälschung, meinen Sie, aber … wozu?«

Ahmad roch etwas, und ihm wurde trotz der Wüstenhitze kalt. Die Karte war ein Köder gewesen, und die Falle drohte sich in diesem Augenblick um sie zu schließen.

»Zurück zum Wagen, so schnell wir können.«

Harrison schaute an ihm vorbei, und sein Mund öffnete sich zu einem großen O. Der Wüstenführer drehte sich um und sah …

Ein gut acht Fuß großer Hüne erhob sich etwa dreißig Schritte entfernt aus dem Sand und stapfte auf sie zu. Sein Oberkörper hatte zwei Armpaare übereinander, und in den vier Händen hielt die Gestalt zwei Khepesh-Schwerter, einen Speer und einen kleinen runden Schild. Der ganze Körper war mit schwarzen Stoffstreifen umwickelt und ein schwarzer Sack verbarg den Kopf, schien aber die Wahrnehmung des Angreifers nicht zu behindern. Ein Gestank nach Öl und Harz ging von ihm aus und peinigte Ahmads Nase.

»Was ist das?« fragte Harrison mit zittriger Stimme.

»Wenn Sie das Buch der Schätze gründlich studiert haben, dann erinnern Sie sich bestimmt an die schwarzen Riesen, die Zerzura bewachen.« Ahmad spuckte aus. »Allerdings achten die Knechte des Schwarzen Blutes eher darauf, dass niemand diesem Ort entkommt.«

Der Amerikaner schüttelte den Kopf, als hoffte er, allein dadurch die Erscheinung zum Verschwinden zu bringen. »Und was machen wir jetzt?«

»Kugeln können ihnen keinen Schaden zufügen. Man muss sie in Stücke hacken und diese Stücke dann auch noch schnell genug verbrennen, bevor das Schwarze Blut sie wieder zusammenfügen kann. Was wir machen, Effendi? Wir laufen! Um unsere Leben und um unsere Seelen.«

»Und in welche Richtung laufen wir? Der steht doch genau in unserem Weg.«

Ahmad überlegte. Auf gar keinen Fall durften sie zulassen, dass dieser Wächter sie noch näher an den verbotenen Ort heran trieb. Da verlangte Harrison: »Geben Sie mir die Leuchtpistole!« und fügte nach ein paar Herzschlägen ein »Bitte!« hinzu.

Der Führer griff nach der Waffe und warf sie dem Amerikaner zu.

»Selbst wenn jemand die Leuchtkugel sieht – das hilft uns jetzt nicht weiter.«

»Mit Feuer kriegt man sie klein, richtig?« erwiderte Harrison, stellte sich breitbeinig hin und zielte konzentriert mit der Pistole. Ihr Verfolger bewegte seinen Schild so, dass er die Brust zwischen den Armpaaren deckte, und bewegte sich weiter auf sie zu. Dann fauchte die Rakete aus dem dicken Lauf, tauchte knapp unter dem Schild durch und … und Ahmad spürte einen Luftsog, und eine Flammensäule hüllte den Knecht des Schwarzen Blutes ein, bevor ein gewaltiger Feuerball ihn in kleine Stücke zerriss und eine Druckwelle die beiden Männer fortschleuderte.

Ahmad Fakrudi rappelte sich auf. Ein paar Meter neben ihm kam der verrückte Amerikaner wieder auf die Beine und grinste, als hätte man seinen Kopf unterhalb der Nase quer mit einem Säbel gespalten. Seine Lippen bewegten sich, aber der Führer hörte nichts außer einem schrillen Pfeifen. Allerdings konnte er sich denken, was Harrison vorschlug, und machte sich hastig auf den Rückweg zum Wagen.

Bis die beiden Männer das Fahrzeug erreichten, war das Pfeifen in ihren Ohren zu einem lästigen Geräusch abgeklungen.

Ahmad holte eine frische Wasserflasche und nahm einen langen Zug daraus, bevor er fragte: »Was ist da eben geschehen, Effendi?«

Harrison erklärte es ihm.

»Es ist verdammt heiß heute. Bei solchen Temperaturen sollte so etwas wie dieses Ding nicht unterwegs sein. Flüchtige Bestandteile des Konservierungsmittels dünsten aus und erzeugen ein zündfähiges Aerosol rings um den Körper. Als die Leuchtkugel nahe genug an die Mischung kam …« Er grinste und deutete mit den Händen eine Explosion an. »Bumm!« Dann wurde er übergangslos ernst. »Sie schulden mir auch eine Erklärung. Ich will jetzt wissen, was es mit diesem Ding auf sich hatte.«

Ahmad seufzte. »Ich muss dafür einen Jahrtausende alten Schwur brechen. Aber Sie haben sich eine Antwort verdient.« Der Wüstenführer schraubte den Verschluss der Wasserflasche wieder auf und reichte sie dem Amerikaner, dann holte er eine Pflanzenknolle aus seiner Tasche, biss ein Stück ab und kaute darauf herum.

»Vor mehr als dreitausend Jahren litt Ägypten unter einem schlechten Pharao. Er fürchtete seine eigenen Feldherren und hatte sie hinrichten lassen oder ins Exil geschickt, und die Soldaten seiner Armee liefen in Scharen davon. Da bot ihm ein Zauberer aus der Wüste im Westen die Lösung aller Probleme an: eine Armee, unbesiegbar im Kampf und nur ihm persönlich ergeben.«

Harrison nickte und nahm einen Schluck aus Ahmads Flasche.

»Was der Zauberer dafür verlangte, waren Menschenkörper. Verbrecher, Verbannte, Sklaven – das war ihm egal. Aus ihnen machte er die Knechte des Schwarzen Blutes, von denen Sie heute einen zerstört haben. Sie gehorchten dem Pharao und gewannen Schlachten für ihn, und im Rausch der Siege verlangte er immer mehr dieser Abscheulichkeiten – bis das Volk und die Priesterschaft sich erhoben und dem Pharao ein Ende machten. Ein neuer Pharao bestieg den Thron, und er gab den Medjau die Aufgabe, die Welt vor dem Schwarzen Blut zu schützen.«

Harrison fing plötzlich an zu schwitzen und rang nach Luft. Ahmad nickte und sprach weiter.

»Das Schwarze Blut versucht bis heute, Menschen zu erbeuten, ihr Wissen zu stehlen und ihre Körper in seinen Dienst zu zwingen. Karawanen meiden diesen Teil der Wüste schon lange, und bei einzelnen Wüstenreisenden gelingt es mir und den anderen meistens, sie um den Gefahrenbereich herum zu lotsen. Diese Schatzkarte, die Sie entdeckt haben, ist ein neuer Zug in einem sehr alten Spiel ... einem Spiel, das im Geheimen gespielt werden muss, denn wem könnten wir schon trauen? Wer in den letzten dreitausend Jahren hätte der Versuchung widerstanden, sich die Dienste fast unzerstörbarer Krieger zu sichern?«

Der Amerikaner versuchte, auf die Beine zu kommen, schwankte und fiel seitwärts in den Sand. Zuckungen liefen durch seinen Körper. Ahmad nahm noch einen Bissen von der Knolle, deren Wirkstoff das Gift im Wasser neutralisierte.

»Sie werden leben, Mister Harrison. Aber die Erinnerungen an diesen Tag werden für Sie im Delirium versinken, wie es bei einem Hitzschlag eben ist. Wir von den Medjau beschützen die Welt vor dem Schwarzen Blut - und auch vor den Gierigen und den Dummen, die ihm in die Hände spielen könnten.«

Per Anhalter nach Gondor

Ariane ist schuld. Hätte sie damals gesagt, es müsse eines ihrer Bilder sein, zu denen ich mir eine Geschichte ausdenken sollte ...
Aber das hat sie nicht, und so schlug wieder einmal die Stunde des Schiffs mit den roten Segeln.

Ich habe einfach die falschen Bücher gelesen. Wenn in meiner frühen Jugend Karl May eine größere Rolle gespielt hätte, dann wären die Ziele meiner Sehnsucht wohl das Land der Apachen und der Nahe Osten geworden, die ja alle irgendwie im Bereich des Möglichen liegen. Vermutlich wären sie aber nach den Filmen mit Lex Barker und Pierre Brice eine herbe Enttäuschung geworden, in denen ja die Apacheria mal eben von New Mexico und Arizona an die Plitwitzer Seen verlegt wurde.

Schon bei Arkham am Miskatonic hört es auf, das eben nicht im Massachussetts unserer Vereinigten Staaten liegt, sondern ein paar Quantensprünge daneben im Lovecraft County. Boston, Salem oder Providence hätte ich erreichen können, all die Herkunftsorte der verschiedenen Versatzstücke, aus denen Howard Philipps Lovecraft sein Arkham zusammenstellte – nicht aber die Stadt der unheimlichen Abenteuer, von der ich so viel gelesen hatte.

Und vollends aussichtslos wurde es bei den faszinierenden Städten und Landschaften, zu denen mich andere Autoren eingeladen und mitgenommen hatten. Kein Zug fährt nach Gondor, kein Flugzeug fliegt nach Lankhmar, kein Schiff steuert die Insel Melniboné an. Auch unsere Kleiderschränke hatten alle sehr solide Rückwände. Atlantis, Lemuria und Mu hat das Meer zugedeckt, falls sie überhaupt jemals existiert haben. Und jedes Jahr kamen neue Orte auf meine Wunschliste, die genauso unmöglich zu erreichen waren.

Allerdings war ich nicht ganz allein mit meiner Phantasie und den Schilderungen verschiedener Autoren – und der einen oder anderen Schriftstellerin wie Andre Norton, Leigh Brackett oder Marion Zimmer Bradley. Es gab da den einen oder anderen Künstler, der uns Bilder bescherte, die in meinem Alltag nicht ihresgleichen hatten, angefangen mit Roger Dean und seinen Libellenflügelelefanten. Roger Dean malte Fenster in andere Welten, und Bands wie Yes oder Uriah Heep kauften sie, um ihre Schallplatten darin einzupacken. Für zwölf mal zwölf Zoll, gute 30 Zentimeter, lohnte es sich ja auch, die Bilder in einem Format zu malen, das eine Zweitverwertung als Poster nahelegte.

Das ist es, was ich an den verschwundenen Langspielplatten am meisten vermisse: kunstvoll gestaltete Cover, die größer sind als ein Bierdeckel.

Bei dieser Gelegenheit fand ich auch heraus, dass mein zeichnerisches Talent sich auf kantige Formen und kleine Formate beschränkt – was bei Raumfahrzeugen gut und schön sein kann, aber für Fantasy gänzlich ungeeignet ist.

Howard Lovecraft schickt in einer seiner Geschichten dem Leuchtturmwärter Basil Elton ein weißes Schiff vorbei, das ihn in die Länder der Träume übersetzt. Und eines Tages im

Herbst 1979 begegnete mir mein Schiff – auf dem Deckblatt eines Kalenders für das Jahr 1980 mit Illustrationen von Rodney Matthews. Ich kannte einige seiner Bilder, weil der Heyne-Verlag seine Ausgabe der Abenteuer von Michael Moorcocks Elric mit Titelbildern von Matthews ausgestattet hatte. Hier wartete nun ein großer Dreimaster mit geschwungenen Linien und einem turmhohen Heckkastell in einer Steppenlandschaft darauf, günstigen Wind in den Segeln zu fangen und auf vier breiten Walzen dem Horizont entgegen zu fahren.

»Na endlich. Ich hab' schon gedacht, ich müsste mir einen Sandwurm rufen!«

Ich kannte diese Stimme gut, auch wenn ich sie nicht oft höre. Es war meine eigene, aber so wie ich auf Tonaufnahmen klinge. Neben mir stand jemand mit meiner Größe, wenn auch von etwas schlankerer Statur, und mit einem Gesicht, das meines hätte sein können – falls ich mir einen Schnurrbart wachsen ließ und ein verwegenes Lächeln einstudierte, neben dem Han Solo und Leutnant Starbuck von der Galactica wie sauertöpfische Griesgrame wirken mussten. Mein Alter Ego trug einen langen braunen Staubmantel über viel Leder und einen Gürtel mit einem Rapier an der linken und einer langläufigen Strahlenpistole an der rechten Seite. Ein kleiner Koboldmaki mit Fledermausflügeln klammerte sich an seine Schulter und starrte mich mit riesigen Augen an.

»Äh.« Mehr oder besseres fiel mir gerade nicht ein.

»Schon klar. Ich bin's, dein Fernweh. Du weißt es ja selbst: wo es uns hinzieht, dahin kannst du mich nicht bringen. Also denke ich mir, es wird Zeit allein auf große Fahrt zu gehen. Keine Sorge – wir bleiben in Verbindung.« Bei diesen Worten spreizte der Maki die Flügel und nickte mehrmals mit dem Kopf.

»Wie machst du das? Also, eigentlich ... wie mache ich das?«

Mein Fernweh zuckte mit den Schultern, und sein Begleiter fing an zu zetern. »Warum glaubst du, dass *ich* so etwas wissen müsste?«

»Na ja – immerhin stehst du da.«

Er schaute mich von oben bis unten an. »Das bildest du dir doch nur ein.«

»Ach.« Und schon war ich wieder mit meinem Latein am Ende.

»Genau. Und jetzt mach mal bitte einen Schritt zur Seite, während ich Anlauf nehme.«

Folgsam ging ich aus dem Weg; mein Fernweh lief aus einigen Metern Entfernung auf den Kalender zu und machte dann diese perfekte Hechtrolle, die ich bestimmt schon dutzende Male im Sportunterricht verbockt hatte. Es tauchte einfach so ins Bild und stand im nächsten Moment schon aufrecht auf dem Steppenboden und klopfte sich ab. Dann winkte es mir noch einmal zum Abschied und ging mit langen, federnden Schritten auf den Landclipper zu, während ich noch zaghaft zurück winkte.

Seit diesem Tag spüre ich keine Sehnsucht mehr nach unerreichbaren Orten. Sogar erreichbare Reiseziele lassen mich vergleichsweise kalt – ich muss nicht auf die Balearen oder an die türkische Riviera. Eigentlich müsste ich nicht mal nach Rügen oder in den Harz.

Dafür kommt gelegentlich ein großäugiges kleines Wesen zu mir geflogen und flüstert phantastische Geschichten in mein Ohr, wenn ich bei offenem Fenster schlafe.

De profundis

Ein Online-Magazin sucht jedes Jahr nach Horror-Kurzgeschichten für eine Anthologie, die „Dark" im Titel führt und im folgenden Jahr zur Leipziger Buchmesse vorgestellt wird. Gesucht wird explizit nur Horror - keine Fantasy und keine SF. 2018 sollten es Geschichten über Inseln mit finsteren Geheimnissen sein für die Anthologie „Dark Islands". Und da fragte ich mich, ob meine Insel wirklich im Meer liegen musste.

Kommissar Sebastian Stangl sah die Leichen und ahnte schon, dass es schlimm werden würde. Acht Körper lagen nebeneinander aufgereiht mit dem Gesicht nach unten auf dem feinen Kies des Strandes unterhalb des Aussichtspunktes „Pauls Ruhe". Alle acht trugen schwarze Kleidung, schwarze Halstücher, hoch geschnürte schwarze Lederstiefel – und der junge Beamte von der Polizeiinspektion Prien war ziemlich sicher, dass auch ihre Gesichter schwarz gefärbt waren. Aber die Toten auf den Rücken zu drehen kam natürlich gar nicht in Frage, bevor das Spurensicherungsteam aus Rosenheim den Fundort gründlich untersucht und dokumentiert hatte. Das Boot der Wasserschutzabteilung war zum Anleger in Prien zurückgekehrt, um auf die Spurensicherung zu warten, nachdem es Kommissar Stangl, seinen Kollegen Hauptmeister Matthias Wagener und die Ärztin vom Bereitschaftsdienst mitsamt den Dienstfahrrädern auf die Insel Herrenchiemsee übergesetzt hatte.

Obwohl die Toten gut zwei Meter von der Wasserlinie entfernt auf dem Strand lagen, war ihre Kleidung nass. Sie hätten natürlich auf den Strand kriechen und dort an Unterkühlung und Erschöpfung sterben können, aber säuberlich in einer Reihe und alle in der gleichen Lage? Eine bisher unbekannte Partei musste sie aus dem See gezogen und dann dort abgelegt haben.

Alle acht hatten zahlreiche oberflächliche Kratz- und Bissverletzungen, bestimmt schmerzhaft, aber nicht tödlich.

Die junge Ärztin hatte pflichtschuldig bei allen acht nach einem Puls gesucht, keinen gefunden und sie für tot erklärt; anschließend hatte sie die Körpertemperaturen gemessen und den Fortschritt der Totenstarre aufgenommen. Angesichts der Umstände, sagte sie dann, müsse alles Weitere per Obduktion geklärt werden – jede Aussage über den Zeitpunkt des Todes wäre reine Spekulation, falls die Männer im kalten Seewasser ertrunken seien und erst post mortem am Strand platziert worden wären. Dann hatte sie acht Totenscheine ausgestellt, sie Sebastian in die Hand gedrückt und sich auf den Heimweg nach Prien gemacht.

Der Kommissar nahm sich vor, den Pfad hinauf zum Rundwanderweg auf Spuren zu untersuchen, bis die Kollegen kamen. Oben auf „Pauls Ruhe" spannte Wagener inzwischen Trassierband, um den Fundort weiträumig abzusperren.

Der junge Mann, der bei seiner frühmorgendlichen Joggingtour die Leichen entdeckt hatte, hielt sich zu ihrer Verfügung; sein Chef hatte entschieden, dass er seine Arbeit in der „Schlosswirtschaft" besser später antreten sollte als mitten im Betrieb zur Vernehmung bestellt zu werden. Sebastians Erwartungen an die Aussage hielten sich allerdings in Grenzen. Er wusste schon, dass der Finder mit dem ersten Schiff von Gstadt aus zur Herreninsel gekommen war – wie an jedem Werktag – und dann vor der Arbeit noch eine Runde auf dem

Wanderweg mit dem roten Punkt laufen wollte – auch wie an jedem Werktag. Nur hatte er heute eben die acht stillen schwarzen Gestalten am Ufer entdeckt.

Surrend näherte sich ein Elektrokarren auf dem Weg von Norden her. Die Spurensicherer hatten ihn von der Schlossverwaltung requiriert und fingen sofort an zu fotografieren. Einer von ihnen startete sogar eine Quadcopterdrohne, um Luftaufnahmen von der Leichenfundstelle zu machen. Der Leiter der Gruppe sprach noch in sein Handy, während er auf den Priener Kommissar zuging und ihm die Rechte entgegenstreckte.

»Grüß Gott! Hauptkommissar Brunner, Kripo Rosenheim. Kennen Sie sich hier aus? Ich brauche eine Lichtung mit wenigstens 30 Metern Durchmesser, die von hier aus schnell zu erreichen ist. Für den Hubschrauber.«

»Kommissar Stangl, Polizeiinspektion Prien. Freut mich. Hubschrauber?« fragte Sebastian nach.

»Freilich. Der schnellste Weg, acht Leichen zur Rechtsmedizin nach München zu schaffen. Wir haben als Amtshilfe einen Transporthubschrauber von der Bundespolizei in Oberschleißheim angefordert, müssen aber noch einen geeigneten Landeplatz für ihn finden.«

Der junge Beamte überlegte kurz.

»Sie müssen auf dem Weg hierher die Avenue gekreuzt haben – das ist der offene Streifen vom Schloss zur Ostspitze der Insel. Ich glaube, da könnte es so gerade hinhauen. Wenn Sie hier jetzt alles übernehmen, kann ich meinen Kollegen zum Überprüfen schicken. Machen wir's so?«

Hauptkommissar Brunner trat einen Schritt zurück, setzte seine Sonnenbrille ab und faltete sie zusammen.

»Kein Kompetenztango? Nicht mal im Ansatz? Freut mich, mit Ihnen zusammenzuarbeiten. Was wissen wir bis jetzt?«

Stangl wiederholte alles, was die Ärztin gesagt hatte. »Und ... hier an diesen Stellen ist der Boden eingedrückt. Ich bin kein Fährtenleser, aber ich glaube, hier ist etwas Scheres auf Rädern bewegt worden.«

Brunner ächzte. »Dann müssen wir überprüfen, ob ins Schloss eingebrochen wurde.«

»Hoppala!« sagte der Drohnenbediener. »Was ist denn das?«

Sebastian und Brunner blickten ihm über die Schulter auf den Flachbildschirm, der die Kamerasicht wiedergab. Zwei längliche, dunkelgraue Umrisse zeichneten sich gegen den etwas helleren Seegrund ab. Das fliegende Auge kreiste über der Stelle, und das große Polizeiboot – die WSP 04 – schob sich vorsichtig heran. Einer der Kollegen auf dem Boot nahm einen Bootshaken und beugte sich über das Schanzkleid, schüttelte dann aber den Kopf – er kam damit offenbar nicht weit genug ins Wasser, um die Objekte zu berühren. Es musste dort mehr als zwei Meter tief sein.

»Versenkte Schlauchboote vielleicht?« schlug der junge Beamte vorsichtig vor.

»Möglich«, nickte der Hauptkommissar aus Rosenheim. »Auf jeden Fall werden wir jetzt noch ein paar Taucher brauchen.«

Am Strand wurden inzwischen die Toten in Leichensäcke verpackt, nachdem die Spurensicherer sie aus allen Winkeln fotografiert hatten.

Dann hob einer der Ermittler plötzlich die Hand und rief: »Halt mal!«

Er krempelte einer Leiche den Ärmel hoch und entblößte dadurch eine Tätowierung. Er wechselte zu einem anderen Toten und fand auch dort eine Tätowierung.

Sebastian sah zu Brunner und fragte: »Russenmafia?«

»Sieht ganz danach aus.« Hauptkommissar Brunner griff nach seinem Telefon. »Da können wir beide jetzt eigentlich Schluss machen und den Fall ans LKA abgeben ...«

Genau so kam es auch. Der Pilot des Transporthubschraubers landete an der Ostspitze der Insel, die Leichen wurden mit dem Elektrokarren, der dafür zweimal fahren musste, zum Hubschrauber gebracht, und dann trafen drei Mitarbeiter des Landeskriminalamtes ein und nahmen alle Aufzeichnungen an sich. Sebastian Stangl und Matthias Wagener gaben jeder ihr Mosaikstück des großen Puzzles zu Protokoll, erhielten von den LKA-Leuten je eine Kontaktkarte und wurden zurück in ihre Dienststellen geschickt. Sebastian verabschiedete sich noch kurz von Brunner und seinem Team, dann machte er sich auf den Weg.

Das Ganze ließ ihm keine Ruhe. Acht Männer, die – möglicherweise – zur russischen Mafia gehörten, landeten mit zwei Schlauchbooten auf der Insel Herrenchiemsee, holten – oder brachten? – irgendetwas Schweres auf die Insel und landeten danach mit dem Gesicht nach unten tot am Strand.

Halt, ermahnte er sich. Diese Darstellung enthielt einen Denkfehler. Mindestens acht Russen waren in mindestens zwei Schlauchbooten gekommen. Vielleicht hatte der Anführer dieser Unternehmung ja einfach beschlossen, den Lohn oder die Beute mit weniger Handlangern zu teilen. Aber warum hatte er dann die acht Toten nicht einfach verschwinden lassen, sondern sie stattdessen so platziert, wie man sie gefunden hatte? Sollte auf diese Weise vielleicht eine Botschaft übermittelt werden?

Sebastian nahm sich vor, nach Dienstschluss noch einmal zurückzukommen.

Im Licht der tief stehenden Nachmittagssonne wirkte der Ort idyllisch. Einige Wanderer ruhten sich aus und genossen die Aussicht auf die Alpengipfel im Süden. Niemand störte sich daran, als der junge Polizeibeamte in Zivilkleidung die Schuhe auszog und seine Hosenbeine hochkrempelte, ehe er ein paar Schritte weit in den See hinein watete.

Sebastian drehte sich um und schaute zurück auf die Insel. Wie eine dunkelgrüne Wand erhob sich der Wald, den König Ludwig von Bayern, der Zweite seines Namens, vor der Abholzung bewahrt hatte, als er die Insel 1873 kaufte. Zum Andenken an den „Mondkönig", der tagsüber schlief und im Licht des Mondes über seine Insel gewandert war, gab es in den Vollmondnächten spezielle Führungen für die Touristen.

Der junge Mann machte ein paar Schritte parallel zum Ufer ins Schilf, das hier geknickt aussah. Dann trat er auf etwas Scharfkantiges. Er zuckte zusammen und machte einen Schritt zurück, wobei er den Fuß sehr vorsichtig aufsetzte; dann tastete er mit den Händen in der dünnen Schlammschickt herum.

Hier lagen Scherben. Keine Glasscherben glücklicherweise, sondern Keramik. Sebastian suchte eine größere Scherbe heraus und rührte mit ihr im Wasser herum, um sie zu säubern; dann schaute er sie genauer an. Rund, gewölbt – was er in der Hand hielt, mochte ein Teil eines etwa kopfgroßen Gefäßes gewesen sein. Er legte sie vorsichtig zur Seite und suchte weiter.

Die nächste Scherbe, die er zu Tage förderte, hatte eine andere Farbe und schien zu einem zweiten Gefäß gehört zu haben. Da beschloss Sebastian Stangl, dass es für heute genug sei. Er packte seine Fundstücke vorsichtig in seine Jackentaschen und watete zurück ans Ufer der Insel. Immerhin musste er noch zum Bahnhof und über Rosenheim nach Kiefersfelden, wo er sich von seinem Gehalt zwei Zimmer mit Küche und Bad leisten konnte; rund um den Chiemsee war daran gar nicht zu denken gewesen. Wie es mit den Scherben weitergehen sollte, darüber nachzudenken hatte er während der Zugfahrt noch genug Zeit.

Sebastian Stangl erwachte schweißgebadet. Er hatte nicht gut geschlafen. Draußen war es noch dunkel. Sein Wecker verriet ihm, dass er noch fast eine Stunde Zeit bis zum Aufstehen gehabt hätte, aber stattdessen stellte er sich unter die Dusche. Der Traum gab ihn nur langsam und widerwillig wieder frei.

Er war zornig gewesen in diesem Traum – zornig, weil man ihn bestohlen hatte. Die Diebe waren dumm genug, sein Reich in Booten zu überqueren, also hatte er einen dichten Nebel aus dem Wasser aufsteigen lassen und ihre Boote zum Sinken gebracht. Als der erste der Diebe schreiend in die Tiefe gezogen wurde, hatten die anderen versucht, sich schwimmend zu retten, aber sie hatten das Ufer nicht finden können, und er hatte keinen entkommen lassen. Das Vergehen war gerächt worden, aber der Verlust blieb; die Habseligkeiten der Diebe, verflucht sollten sie sein, interessierten ihn nicht.

Was für ein abstruses Zeug! Aber der Traum war so intensiv gewesen ...

Der Fall mit den acht Toten ließ ihn einfach nicht los. Der Kommissar beschloss, sich heute den Nachmittag frei zu nehmen und nach Seebruck ins Römermuseum zu fahren. Wenn es mit den Scherben von Herrenchiemsee irgendetwas Besonderes auf sich hatte, dann würde man es ihm dort sicher sagen können.

Während er an der Museumskasse wartete, studierte Sebastian Stangl ein paar größere Steine mit lateinischen Inschriften. Laut der erklärenden Tafel waren sie einem Gott geweiht, den die Kelten nur hier am Chiemsee verehrt hatten. Dann öffnete sich eine Tür und ein schlaksiger junger Mann mit Kinnbart kam auf ihn zu.

»Guten Tag. Hans Kobler,« stellte er sich vor. »Ich studiere Museumswissenschaft an der Ludwig-Maximilian-Universität und mache hier ein Praktikum. Der Chef, Herr Messner, hat leider einen Termin in München. Kann ich Ihnen helfen?«

»Hallo. Sebastian Stangl. Ich habe gestern ein paar Keramikscherben gefunden und wüsste gerne, ob das ganz gewöhnlicher Müll ist oder ob ich da zufällig über etwas Besonderes gestolpert bin.«

Hans Kobler nahm die größere Scherbe vorsichtig in die Hand und betrachtete die Bruchkante mit einem Vergrößerungsglas. Dann schüttelte er den Kopf.

»Tut mir Leid, Herr Stangl. Ihre Scherbe ist von einem Stück ganz gewöhnlicher Gebrauchskeramik, graues Steinzeug mit blauer Verzierung. Die gab's hier überall, noch bis nach dem Zweiten Weltkrieg. Also ... das Gefäß kann durchaus hundert oder zweihundert Jahre alt gewesen sein. Aus der

Römer- oder der Keltenzeit stammte es aber auf keinen Fall. Wahrscheinlich auch nicht aus dem Mittelalter oder dem Dreißigjährigen Krieg.« Der junge Mann lächelte entschuldigend. »Ja, wenn Sie ein paar Münzen darin gefunden hätten, wäre es mit dem Datieren leichter ...«

»Dann würde ich jetzt in Teufels Küche stecken, weil ich eine archäologische Fundstätte zerstört hätte. Ich kenne da jemanden, dem es so ergangen ist. Aber jedenfalls vielen Dank erst mal.« Sebastian wandte sich zum Gehen, da fiel ihm der Stein am Eingang zum Museum wieder ein. »Sagen Sie, Herr Kobler ... was können Sie mir über Bedaius erzählen?«

Hans Kobler lachte – ein kurzer, explosiver laut, nicht unähnlich dem Kiai eines Kampfsportlers.

»Nichts. Die Geschichtsschreibung weiß gar nichts über den Jupiter Bedaius, abgesehen davon, dass die Römer ihn auf ein paar Weihesteinen erwähnten. Ich kann Ihnen nicht einmal mit Gewissheit sagen, dass er tatsächlich Bedaius oder so ähnlich hieß. Vielleicht ist er einfach der Gott, der in Bedaium verehrt wurde – oder aber Bedaium heißt so, weil die Bewohner dem Bedaius huldigten. Wobei Bedaius ja auch schon die latinisierte Fassung eines Namens ist, die einem Römer leichter von der Zunge geht als das keltische Original. Einigermaßen sicher ist nur, dass die Römer es sich mit den Anhängern dieses Gottes nicht verderben wollten und deshalb hier in der Gegend auch um seinen Segen baten. Es gibt keine Bilder, keine Statuen, keine Aufzeichnungen – oder falls doch, hat bis heute niemand derartige Funde gemeldet.« Der Museumsmitarbeiter grinste. »Nicht zuletzt deswegen gab es ja im Jahr 2001 so einen Rummel, als Taucher hier bei Seebruck einen Kessel aus Gold gefunden haben. Leider hat er sich aber dann doch recht bald als neuzeitliche Nachbildung des Kessels von Gundestrup erwiesen und nicht als keltisches Original.«

»Verstehe,« nickte Sebastian und nahm sich vor, diese Geschichte mit dem goldenen Kessel zu recherchieren. »Was hat's denn mit dem echten Kessel auf sich? Weiß man da irgendwas drüber?«

Wieder musste Kobler passen. »Gesichert ist eigentlich nur, dass der Kessel von Gundestrup thrakische Handwerkskunst zeigt und also wohl im Südosten des Balkans angefertigt wurde. Die Mythen der Kelten sind uns dagegen nur aus Irland und Wales überliefert. Darin spielen Kessel verschiedene Rollen; das geht bis zu einem Kessel, der angeblich tote Krieger ins Leben zurück brachte, damit sie weiter kämpfen konnten.«

»Das wäre dann mal ein ziemlich großer Kessel!« scherzte Stangl.

Der Museumspraktikant schrieb etwas auf. »Kennen Sie das Handwörterbuch des deutschen Aberglaubens von Bächtold-Stäubli? Das ist ein hervorragender Einstieg, wenn Sie sich für die Spuren interessieren, die verschiedene Mythen in unserem Alltag hinterlassen haben. Aber lassen sie sich vom Titel nicht täuschen! Das Handwörterbuch hat zehn Bände, jeder davon mit über vierhundert Seiten.«

»Danke für die Warnung. Gibt's das zufällig auch online?«

Eine Onlineausgabe des Handwörterbuchs war nicht so schwer zu finden. Der Download von mehr als einem halben Gigabyte Daten dauerte schon länger und anschließend war Sebastian überwältigt von der Fülle der Informationen. Und nach einer Weile fand er eine Eintragung über Seelen in Töpfen, der er zum Thema Wassergeister folgte.

Wassermänner lockten aus Gewohnheit Menschen in ihre Gewässer, ertränkten sie und sammelten ihre Seelen unter umgedrehten Töpfen. Sie nahmen es sehr übel auf, wenn jemand eine dieser Seelen in die Freiheit entließ. Und in diesem Punkt waren sich alle Quellen einig: Wenn jemand von einem Wassermann ertränkt wurde, dann hatte die Haut anschließend einen bläulichen Farbton und der Leichnam war übersät von Kratz- und Bisswunden.

Der Kommissar schaltete sein Laptop aus und starrte auf die gegenüberliegende Wand seines Wohnzimmers, ohne die Bildtapete zu sehen. Er hatte Teile eines Puzzles, die zusammenpassten, aber sie zeigten ein Bild, das er nicht glauben konnte. Ein Naturgeist, den die Anlieger des Chiemsees vor zweitausend Jahren wie einen Gott verehrt hatten, war wütend und sann auf Vergeltung, weil ein Kommando der russischen Mafia bei ihrem Unternehmen nebenbei einen Bruchteil seiner Seelensammlung zerstört hatte?

Wenn er dem LKA mit dieser Theorie käme, dann hätte er ein langes Gespräch mit einem Psychologen vor sich. Nein, wohl eher eine ganze Menge langer Gespräche mit einem Haufen Psychologen. Gab es eigentlich beim bayrischen Landeskriminalamt irgendwo eine Abteilung für „X-Akten"?

Wenn er aber für sich persönlich entschied, an diesen Wahnsinn zu glauben, dann wäre es nur konsequent, den zornigen Wassergeist irgendwie zu beschwichtigen.

Sebastian Stangl ging in seine Küche und packte seine rostfreien Edelstahlkochtöpfe zusammen. Um diese Uhrzeit würde er sie nicht mehr bis auf die Insel Herrenchiemsee bringen können, aber er hoffte einfach, dass eine beliebige Stelle am Seeufer ihren Zweck erfüllen würde.

In dieser Nacht träumte er wieder. Sebastian lag auf den Knien, Schwärme von Fischen umkreisten ihn, und der Herr des Sees starrte ihn mit tiefblauen pupillenlosen Augen an.

»Du hast etwas an dich genommen, was mir gehörte, und dafür musst du sterben. Aber du hast auch für die Vergehen Anderer Sühne geleistet, und deshalb will ich dir einen Aufschub gewähren. Irgendwann in der Zukunft werde ich dich zurück in meinen See rufen. Aber bis zu diesem Moment bist du frei, dein Leben zu leben.« Der Wassergeist lächelte und entblößte spitze, dreieckige Zähne, die den freundlichen Eindruck mühelos zunichte machten. »Geh nun und nimm den Plunder mit, den die Anderen bei sich hatten.« Die Fischschwärme zerstreuten sich und gaben den Blick frei auf zwei dunkle Transportbehälter. »Bei Sonnenaufgang wird der Tand dort sein, wo du deine Gaben dargebracht hast. Und wer weiß? Eure Leben sind so kurz – vielleicht ist deines schon vorüber, bevor ich mich wieder an dich erinnere.«

Am nächsten Morgen stand der Kommissar wieder am Ufer des Chiemsees. Vor ihm lagen wie gestrandete Tümmler ein paar Behälter im Schilf, die den Transportboxen für Wintersportausrüstung auf Autodächern ähnelten.

Er wischte die schweißfeuchten Hände an seiner Hose ab und öffnete die Verschlüsse des ersten Behälters.

Der klappte auf wie eine Muschel und gab den Blick frei auf goldbestickten blauen Samt und golden strahlende Einzelteile von König Ludwigs Prunkbett aus dem Schloss Herrenchiemsee, das die Russen für ihren unbekannten Auftraggeber gegen eine hervorragende Kopie ausgetauscht hatten.

Die Einladung

Auch mit dieser Geschichte wollte ich einen Marburg-Award gewinnen. 2017 lautete das Thema „Finstere Übernahme" - und ich landete auf einmal bei Verdrängungskämpfen im Bestattungsgewerbe. Sozusagen. Auf dem Siegertreppchen des Marburg-Awards 2017 landete ich damit allerdings nicht.

Matthias Bergholder legte den Werbeprospekt beiseite und schaute seinem Lehrling in die Augen.

»Ich weiß nicht, wie diese Leute ihre Preise kalkulieren, aber ich kann da nicht mithalten, Niklas. Und falls dadurch die Feuerbestattungen für uns in Zukunft wegfallen, dann muss ich wahrscheinlich das Geschäft aufgeben.«

Der junge Mann sah den Bestattungsunternehmer fragend an, sagte aber nichts.

Bergholder seufzte. »Es ist nun mal leider so, dass immer mehr Hinterbliebene ihre Toten lieber einäschern lassen und dann die Urne eingraben. Am liebsten sogar anonym, um an der Grabpflege zu sparen. Und ich kann es ihnen nicht mal übel nehmen, seit die Buntmetalldiebe nachts über die Friedhöfe ziehen und alles stehlen, was nach Kupfer oder Bronze aussieht.« Der Chef blickte seinen Lehrling nachdenklich an. »Du stehst jetzt im zweiten Lehrjahr, Niklas, und ich bin sehr zufrieden mit dir. Sollte es wirklich dazu kommen, dass ich das Geschäft nicht weiter halten kann, dann tue ich mein Möglichstes, damit du die Ausbildung bei jemand anderem zu Ende bringen kannst.«

Niklas Schader griff jetzt selbst nach dem Prospekt mit

dem Slogan „*a2a – Weil das Leben weitergeht*". Er las den Text, der sich an eine Zielgruppe mobiler junger Menschen wandte und sie geschickt dazu brachte, sich nicht schlecht dabei zu fühlen, wenn sie ihre verstorbenen Angehörigen zum günstigsten Tarif unter die Erde bringen ließen. Denn war der Körper eines geliebten Verstorbenen so viel anders als ein Appartement, in dem man großartige Zeiten verbracht hatte, das jetzt aber leer stand?

Die Internetadresse klärte ihn sogar auf, was *a2a* bedeuten sollte – „*ashes2ashes*", also Asche zu Asche auf Hipdeutsch.

»Irgend jemand musste wohl mal auf die Idee kommen. Das ist ein Discountbestatter. Oder sagt man Bestattungsdiscounter? Ich weiß nicht, worin die sich unterscheiden.« Dann blätterte der junge Mann weiter. »Diese Preisliste ist genau wie beim Pizzabringdienst, bloß umgekehrt – die bringen nichts, die holen was. Und je weiter sie dafür fahren müssen, desto teurer wird es. So ein Konzept kann nur in Großstädten aufgehen. Aber leider halten die *a2a*-Leute Hannover für groß genug.« Niklas legte den Prospekt auf den Tisch zurück. »Chef – was sollen wir tun?«

Bergholder zuckte ratlos mit den Schultern. »Kümmere du dich heute nachmittag bitte um die Kunden. Ich fahre bei Klaus Lorentzen und den anderen aus der Branche vorbei – vielleicht können wir ja zusammen einen Weg finden, wie diese Leute uns nicht alle aus dem Geschäft drücken. Dieses Unternehmen hat mein Großvater gegründet, und ich werde nicht der Mann sein, der es zumacht.«

»Geht klar, Chef. Viel Erfolg!«

Als Bergholder gegangen war, holte Niklas die Unterlagen zur Preiskalkulation aus dem Büro, die der Chef ihm erst vor drei

Wochen gezeigt hatte. Eine Feuerbestattung hatte eigentlich nur drei Kostenfaktoren: da war einmal der Sarg, in dem der Kunde in den Verbrennungsofen gefahren wurde, zum zweiten die Urne, in der seine Asche landete, und schließlich der Brennstoff, mit dem der Ofen befeuert wurde. Aber selbst mit dem günstigsten Sarg und der simpelsten Urne aus Bergholders Lieferantenliste ließ sich der Preis aus dem Prospekt nicht machen. Vielleicht gab es ja Mengenrabatt, wenn man einfache Verbrennungssärge zu Tausenden in China bestellte und containerweise nach Deutschland liefern ließ.

Oder hatte *a2a* einen Weg gefunden, den Verbrennungsprozess effizienter zu machen? Je länger Niklas darüber nachdachte, desto mehr glaubte er an diese zweite Möglichkeit. Leider hatte er keine Idee, wie sie das anstellten. Die Bestatter, die der junge Mann bisher kennengelernt hatte, waren alle sehr konservative Menschen gewesen, die sich nur wenig für Innovationen erwärmen konnten. Aber die Toten hatten Besseres verdient als *a2a* – so sah es jedenfalls Niklas. Außerdem wusste er nicht genug darüber, was sich im Inneren eines Krematoriumofens abspielte. Das ließ sich natürlich ändern; übermorgen stand die nächste Feuerbestattung eines Kunden auf dem Plan, und dann konnte er seine Fragen stellen.

Am folgenden Tag kamen gleich nach der Öffnung des Unternehmens zwei Kunden zu Matthias Bergholder und fragten nach den Konditionen für eine Feuerbestattung. Der Chef erkundigte sich zunächst nach ihren Wünschen und bereitete sie dann auf eine Enttäuschung vor.

»Ihr verstorbener Onkel war ein stattlicher Mann. Ich fürchte nur, dass es hier und in der näheren Umgebung kein

Krematorium gibt, das sich die Einäscherung des Leichnams zutrauen wird. Ich sage Ihnen das nicht, weil ich Sie zu einer Erdbestattung überreden will – aber es hat in den vergangenen Jahren immer wieder Zwischenfälle bei der Einäscherung von Menschen mit hohem Körpergewicht gegeben, und die meisten Krematorien haben deshalb inzwischen eine Gewichtsobergrenze für Feuerbestattungen eingeführt.«

Niklas spitzte die Ohren, während Bergholder den Unglauben in den Augen der Kunden sah und fortfuhr: »Ich habe hier einen Sonderdruck aus der „Bestattungskultur", der ausführlich auf dieses heikle Thema eingeht, falls Sie sich über Details informieren möchten. Sehen Sie ... wenn der Verstorbene zu viel Körperfett mitbringt, dann besteht ein hohes Risiko, dass der Verbrennungsprozess außer Kontrolle geraten und im Extremfall sogar die Anlage schwer beschädigen kann. Zusätzlich steigt mit dem Körpergewicht auch die Zeit, die zur vollständigen Kremation benötigt wird; es kann schon mal doppelt so lange dauern wie bei anderen Leichnamen, und das bringt den Zeitplan des Krematoriums durcheinander. Wahrscheinlich finde ich ein Krematorium, das den Leichnam Ihres Onkel einäschern kann, aber es könnte eine längere Anfahrt erforderlich machen – und damit für Sie unterm Strich sogar teurer werden als eine Erdbestattung auf dem städtischen Friedhof.«

Der männliche Kunde ließ sich nicht anmerken, was ihm dabei durch den Kopf ging. Die Frau entfaltete ein weißes Taschentuch, putzte sich die Nase und sagte leise: »Ich hatte ja keine Ahnung ...«

Niklas pflichtete ihr im Stillen bei und nahm sich vor, bei nächster Gelegenheit im *a2a*-Prospekt nachzuprüfen, ob dort ebenfalls eine Obergrenze für das Körpergewicht der Toten erwähnt wurde. Oder er könnte anrufen, sich als Hinterbliebener ausgeben und nach den Bedingungen einer Feuerbestattung für einen stark übergewichtigen Onkel fragen. Vielleicht war ja brennendes Körperfett die Lösung für das Rätsel der niedrigen Preiskalkulation der neuen Konkurrenz? Niklas fand es sogar ziemlich gerissen, falls die Neuen einen Weg gefunden haben sollten, bei dem der Leichnam sich praktisch selbst verbrannte ...

Es führte einfach kein Weg daran vorbei: er musste sich selbst im Krematorium von *a2a* umschauen. Niklas griff nach einem der Sonderdrucke, auf die sein Chef hingewiesen hatte, und steckte ihn ein – das musste seinen Besuch einfach glaubwürdig wirken lassen. Dann suchte er nach dem *a2a*-Prospekt und wählte die Telefonnummer auf seinem Smartphone.

Eine Frauenstimme meldete sich unter der Nummer von *a2a*. Sie klang freundlich, warmherzig und verständnisvoll. Niklas atmete einmal tief durch und fing an zu lügen.

»Hallo? Mein Name ist Markus Hofstetter. Ich muss mich um das Begräbnis meines Onkels kümmern und möchte ein paar Auskünfte zur Feuerbestattung einholen. Könnte ich eventuell einfach in den nächsten Tagen bei Ihnen vorbeikommen und mir das alles mal anschauen? Meine Tante ist ziemlich fertig mit den Nerven und schafft das nicht selbst.«

»Ja, natürlich. Wenn Sie sich ansehen möchten, wie so eine Einäscherung bei uns abläuft: Wir haben einen Termin morgen um zehn Uhr, und wenn die Hinterbliebenen nichts dagegen haben, können Sie bei der Trauerfeier mit im Andachtsraum sitzen. Passt Ihnen das zeitlich, Herr Hofstetter? Aus Rücksichtname auf die Gefühle unserer

Kunden muss ich Sie jedoch darum bitten, in angemessener Kleidung zu erscheinen.«

»Morgen früh um zehn,« bestätigte Niklas. »Das werde ich schaffen. Und … danke für den Tipp mit der Kleidung.«

Dann unterbrach er die Verbindung. Geschafft! Jetzt war er dem Geheimnis praktisch schon auf der Spur. Er musste nur noch seinen Chef um einen freien Vormittag bitten.

Am nächsten Morgen duschte der junge Mann und holte den schwarzen Anzug aus dem Schrank, den er zu Beginn seiner Lehre gekauft hatte. Niklas zog sich an, rückte die Krawatte zurecht und musterte sich im Spiegel. Ein blasser, schlaksiger Bursche mit kurzem, sandfarbenem Haar und graublauen Augen schaute zurück. Er trug ein weißes Hemd mit schmaler schwarzer Krawatte, ein schwarzes Jackett, eine schwarze Hose, schwarze Socken und schwarze Lederschuhe. Perfekt.

Er sah aus wie …

Er sah aus wie der Gehilfe eines Bestattungsunternehmers. Wenn er so bei *a2a* erschien, brauchte er mit der Geschichte vom verstorbenen, übergewichtigen Onkel gar nicht erst anzufangen. Niklas schälte sich wieder aus seiner Berufskleidung und überlegte, dann ging er zum Schrank zurück.

Fünfzehn Minuten später betrachtete er wieder kritisch sein Spiegelbild. Ein schwarzes Hemd, am obersten Kragenknopf offen. Darüber eine schwarze Lederjacke. Und als krönender Abschluss ein silberner Clip am rechten Ohrläppchen, den er im Fall der Fälle beim Betreten des Andachtsraums mit einer gemurmelten Entschuldigung abnehmen konnte. Nach den Maßstäben seiner Mitschüler auf der Berufsschule war das angemessene Kleidung und zugleich doch nicht seriös genug, um einen Bestatter misstrauisch zu machen.

Niklas machte sich auf den Weg. Der Bus der Linie 300 brachte ihn bis zum Ricklinger Stadtfriedhof, und von der Haltestelle war es nur ein kurzes Stück Fußmarsch bis zum Neubau an der Göttinger Chaussee mit dem hohen Schornstein und dem *a2a*-Logo an der Fassade.

Kurz vor zehn Uhr standen erst zwei Autos auf dem Kundenparkplatz; der Verstorbene, dessen Leichnam jetzt zur Einäscherung vorgesehen war, hatte nicht viele Trauergäste mobilisiert. Niklas' Chef hatte ihm schon im ersten Lehrmonat erklärt, dass Freunde und Kollegen bei Feuerbestattungen im Allgemeinen lieber zur Beisetzung der Urne auf dem Friedhof kamen.

Der junge Mann blieb vor der Tür aus dunklem Glas stehen und drückte den Klingelknopf.

»Ja, bitte?« fragte die Stimme, die seinen Anruf entgegengenommen hatte, aus der Gegensprechanlage.

»Guten Morgen. Mein Name ist Hofstetter. Wir hatten gestern telefoniert – es ging um eine Einäscherung.«

»Aber natürlich, Herr Hofstetter! Einen Augenblick bitte – ich hole Sie ab. Die Trauerzeremonie wird gleich beginnen.«

Die Glastür ließ Bewegung im Inneren erahnen, dann glitt sie lautlos zur Seite, und Niklas Schader stand vor einer atemberaubend schönen Frau, die seine Aufmachung musterte. Die *a2a*-Mitarbeiterin trug ein dunkelgraues Kostüm über schwarzen Strumpfhosen und flachen schwarzen Schuhen. Ihr Haar war kastanienbraun und zu einem Pferdeschwanz zurückgekämmt. Ein kaum wahrnehmbarer Hauch von Zimt kuschelte sich in Niklas' Nase; rehbraune Augen vermaßen ihn von Kopf bis Fuß und richteten sich dann wie geplant auf seinen Ohrring. Er hob entschuldigend eine Hand ans Ohr, nahm den Clip ab, steckte ihn in die Hosentasche und wurde mit einem Lächeln belohnt, das perlenweiße Zähne erahnen ließ.

»Schön, dass Sie es noch geschafft haben, Herr Hofstetter. Ich bin Carmela Sindermann. Wenn Sie mir bitte folgen möchten?«

Die Dame von *a2a* führte ihn einen Gang hinunter zum Andachtsraum und hielt ihm die Tür auf. Niklas schlüpfte hindurch, am Kondolenzbuch vorbei und setzte sich still in die letzte Stuhlreihe. Carmela nahm ebenfalls Platz, aber auf der anderen Seite des Ganges. Vorne gab der Trauerredner einen kurzen Überblick zum Leben des Verstorbenen, ein halbes Dutzend Hinterbliebene saßen dabei nebeneinander in der ersten Reihe und schwiegen einander an.

Der Sarg stand auf einer leicht erhöhten Plattform, hinter der eine ungewöhnlich breite schmucklose Platte den Blick in die Verbrennungskammer versperrte. Der Trauerredner kam zum Ende seines Vortrags, und klassische Begleitmusik wurde eingespielt.

Zu den Klängen von Beethovens Mondscheinsonate hob sich die Platte und der Sarg fuhr in die Kammer dahinter. Dann verschwand er in der Tiefe, und Niklas erkannte, dass die eigentliche Einäscherung hier erst im Keller des Krematoriums begann. Die Platte sank wieder herab, und einer nach dem anderen schüttelten die Hinterbliebenen dem Trauerredner die Hand und verließen den Andachtsraum, während die Musik noch lief.

Der Bestatterlehrling sah zu Carmela Sindermann hinüber und stellte fest, dass ihr Blick auf ihm ruhte. Sie lächelte ermutigend. »Kann ich noch etwas für Sie tun, Herr Hofstetter?«

Niklas schluckte und sagte: »Ja, da wäre noch etwas.« Seine Ohren fühlten sich an, als ob sie gleich in Flammen aufgehen müssten. »Mein Onkel ... Sie müssen wissen, er war ein ziemlich ... hmm ... also, alles andere als schlank. Und der Bestatter, bei dem ich zuerst war, hat mir gesagt, dass die meisten Krematorien Probleme mit Übergewichtigen haben und deshalb Grenzwerte eingeführt haben. Wie hoch sind die bei Ihnen?«

Carmela wies auf den übergroßen Zugang zur Verbrennungsanlage. »Der schwerste lebende Mensch wiegt laut dem Guiness-Buch der Rekorde knapp 500 Kilogramm – unsere Liftvorrichtung ist auf 600 Kilogramm ausgelegt. Wenn es sogar nur um reine Körpergröße geht, dann müssen wir erst bei zweieinhalb Metern passen. Sie müssen sich also keine Sorgen machen, dass Ihr Onkel zu stattlich für unsere Anlage sein könnte, Herr Hofstetter.«

»Ah. Ja. Dann ...« Er hätte ihr jetzt lieber eine ganz andere Frage gestellt als: »Und wie schaffen Sie es, dass Ihre Anlage nicht beschädigt wird, sobald das Körperfett zu brennen anfängt?«

»Oh. Das sind technische Einzelheiten, mit denen ich nicht vertraut bin.« Carmela überlegte kurz. »Falls Ihnen die Frage sehr wichtig ist, könnte ich mit den Leuten von der Technik sprechen. Ob Sie eventuell später am Nachmittag noch einmal anrufen könnten?«

»Sicher. Gerne. Und ... vielen Dank, dass Sie sich so viel Zeit für mich nehmen, Frau Sindermann!«

»Aber ich bitte Sie. Das mache ich doch gerne.« Und irgendwie schaffte es Carmela Sindermann, so zu klingen, als ob sie diesen so oft gehörten Satz tatsächlich ernst meinte.

Niklas glaubte ihr aufs Wort, dass diese Traumfrau als das

freundliche Gesicht des Unternehmens mit dem eigentlichen Ablauf der Einäscherung nichts zu tun hatte; er wollte seine Phantasie auch nicht mit der Vorstellung bemühen, wie Carmela in einem Overall die Asche Verstorbener in Aschekapseln füllte und die Kapseln dann in den ausgewählten Urnen plazierte. Tatsächlich hatte Niklas Schader gerade auch so schon genug damit zu tun, Carmela Sindermann aus seiner Phantasie heraus zu halten.

»Dann gehe ich jetzt wieder arbeiten und rufe Sie heute nachmittag wieder an. Bis dann!«

»Auf Wiedersehen, Herr Hofstetter.«

Zurück an seinem Arbeitsplatz im Bestattungsinstitut fragte Niklas seinen Chef: »Entschuldigen Sie bitte, Herr Bergholder. Ich weiß gerade nicht, wen ich das sonst fragen könnte … wenn Sie eine Dame zum Essen einladen wollten, welches Restaurant würden Sie dann nehmen?«

»Setz dich, mein Junge. Da gibt es heute viel, was du falsch machen kannst. Was weißt du denn über die Person deines Interesses?«

»Sie ist … nun, sie hat …« Niklas gab auf. »Eigentlich nur ihren Namen und wo sie arbeitet.«

»Na, dann würde ich an deiner Stelle erst mal mit einer Einladung zu einer Tasse Kaffee anfangen und dann langsam in Erfahrung bringen, wofür ihr Herz schlägt und was sie nicht ausstehen kann. Nicht dass du am Ende eine Vegetarierin ins Steakhaus führst.«

»Kaffee. Gute Idee, Ja, das mache ich. Danke, Chef!«

Eine Stunde vor Feierabend holte Niklas sein Smartphone heraus und wählte wieder die Nummer von *a2a*. Die Stimme von Carmela Sindermann begrüßte ihn.

»Guten Tag, Frau Sindermann. Hier ist wieder Hofstetter, Markus Hofstetter. Ich möchte fragen, ob ...«

Er atmete noch einmal tief ein, und Carmela sagte: »Es tur mir sehr leid, Herr Hofstetter. Ich habe Ihre Frage noch nicht weiterleiten können.«

»Das ist nicht so schlimm. Ich möchte fragen, ob ich Sie zu einem Kaffee einladen darf, um mich zu bedanken.«

»Oh.« Mehr erwiderte sie nicht, und Niklas hörte die Schläge seines Herzens so wie ein Rammbock gegen ein Burgtor kracht. Rumms! Rumms! Rumms!

»Ja, Herr Hofstetter. Ich nehme Ihre Einladung an. An welchen Ort hatten Sie denn gedacht?«

»Kennen Sie das Cafè am Ballhofplatz?«

»Ich bin erst seit kurzer Zeit in Hannover und noch sehr fremd hier, Herr Hofstetter. Wie komme ich am besten dorthin?«

Niklas ging aufs Ganze. »Am besten hole ich Sie ab und zeige Ihnen den Weg. Ich könnte in zwanzig Minuten in Ricklingen sein.«

Sie schwieg. Erneut donnerte in Niklas' Innerem der Rammbock ans Burgtor. Dann ...

»Ich werde auf Sie warten.« Rumms! »Ich freue mich schon darauf, Herr Hofstetter.«

Wenige Minuten vor Büroschluss stand Niklas wieder vor dem *a2a*-Gebäude.

Carmela, die ihr Haar jetzt offen trug, ließ ihn herein und schloß die Tür hinter ihm ab. Sie führte ihn erneut in den Andachtsraum und sagte: »Ich muß mich noch umziehen. Warten Sie bitte so lange hier?«

Der junge Mann nickte und setzte sich hin. Gestern um diese Zeit hätte er das noch als eine großartige Gelegenheit gesehen, sich hier umzuschauen und dem Geheimnis der konkurrenzlos billigen Einäscherung auf die Spur zu kommen. Jetzt würde er damit das Vertrauen enttäuschen, das diese tolle Frau ihm entgegen gebracht hatte. Also blieb er an seinem Platz, atmete langsam und regelmäßig und wartete.

Nach etwa fünfzehn Minuten hörte er Carmelas Stimme auf dem Gang, konnte aber nicht verstehen, was sie sagte. Dann kam sie herein. Jetzt trug sie einen hellgrauen Rollkragenpullover über weißen Jeans und hatte eine cremefarbene Jacke über dem Arm.

Niklas schluckte und hörte sich dann sagen: »Sie sehen großartig aus, Frau Sindermann. Traumgeboren.«

Ihr Lächeln wurde etwas wärmer und persönlicher, wie nur für ihn allein. »Wollen wir dann los?«

In diesem Moment begann jemand an die Eingangstür zu klopfen. Dazu erklang eine Stimme, laut und drängend, aber durch die geschlossene Tür nicht zu verstehen.

Carmela ging zur Gegensprechanlage, drückte eine Taste und sagte: »Es tut mir leid, aber ..«

»Hilfe! Meine Frau! Ohnmächtig! Bitte, ein Glas Wasser!«

Sie ließ die Taste wieder los und wandte sich zu Niklas.

»Da steht ein Wasserspender neben der Tür zum Treppenhaus. Könnten Sie bitte …?«

Er nickte und lief los. Als er mit einem Pappbecher voll kalten Wassers zurückkam, drückte Carmela einen anderen Knopf, und mit einem Summen sprang die Tür auf.

Draußen stand ein nicht sehr großer, grauhaariger Mann in einem grünen Parka. Er lächelte und ließ dabei zwei Goldzähne sehen. Dann machte er einen Schritt zur Seite; ein

Hüne drängte sich an ihm vorbei und trieb Niklas seine Faust in die Magengrube. Der junge Mann ging zu Boden und schnappte nach Luft, während ein zweiter Schläger in den Vorraum trat und einen Teleskopschlagstock aufschnappen ließ; mit der anderen Hand packte er Carmela an der Schulter und drückte sie auf die Knie.

Der grauhaarige Anführer zog die Tür hinter sich zu und sagte: »So, ihr Täubchen. Sagt mir, wo das Gold und das Bargeld sind, dann müssen meine Jungs euch nicht weiter weh tun.«

»Ich verstehe nicht. Was denn für Gold?« fragte Carmela, und der Grauhaarige schlug ihr mit der flachen Hand ins Gesicht.

»Stell dich nicht dumm! Jeder weiß doch, dass ihr die Goldzähne herausbrecht und behaltet, bevor ihr die Toten verbrennt. Also: wo ist das Gold?«

Das würde sehr schmerzhaft werden, erkannte Niklas. Die *a2a*-Filiale in Hannover war erst in der vergangenen Woche eröffnet worden. Selbst wenn die Mitarbeiter tatsächlich hier irgendwo Zahngold oder Prothesenteile aus Titan aufbewahren sollten – es konnten unmöglich genug sein, um die Gier der Räuber zufriedenzustellen. Sie würden also versuchen, das „echte Versteck" aus Carmela und ihm heraus zu prügeln.

Vielleicht konnte er wenigstens ihr das Schlimmste ersparen.

»Sie weiß nichts davon.« Carmela riß die Augen auf und öffnete den Mund, als wolle sie ihm widersprechen, aber Niklas fuhr einfach fort: »Sie macht hier nur den Papierkram und tröstet die Angehörigen.«

»Na schön. Dann zeig uns mal den Weg, Bursche. Sie wird

uns begleiten, damit keiner von euch auf dumme Gedanken kommt. Hoch mit euch!« Dann sagte er noch etwas in einer Sprache, die Niklas nicht verstand, und die beiden Schläger begannen zu lachen.

Jetzt konnte er nur noch Zeit schinden. Niklas führte die Räuber zur Tür ins Treppenhaus und stellte fest, dass sie einen Spalt weit offen stand. Nach dem Lichtschalter brauchte er nicht lange zu suchen, denn er leuchtete im Dunkeln. Zehn Stufen, ein Treppenabsatz, weitere zehn Stufen ... auf der vorletzten Stufe ließ Niklas sich nach vorne fallen, als ob er gestolpert wäre, und für einen kurzen Moment zog er damit die Aufmerksamkeit aller drei Räuber auf sich.

Carmela Sindermann rannte nicht davon. Sie trat statt dessen ihren Bewacher irgendwohin, wo es weh tat, und stieß ihn die Treppe hinunter, wobei er die anderen beiden mit sich riss. Sie landeten allesamt auf Niklas, den sie unter sich begruben wie Footballspieler. Dann stieß sie einen hohen, heulenden Schrei aus.

Die Räuber rappelten sich auf; Niklas rollte sich unter Schmerzen auf den Rücken, und dann drängten zwei Männer aus dem Kellergeschoss ins Treppenhaus.

Keiner der beiden war kleiner als zwei Meter. Sie waren nackt, mit starker Körperbehaarung, und der erste riss ohne große Anstrengung einen der Schlägertypen in die Höhe und drehte ihm den Kopf zur Seite, bis das Genick brach. Der zweite steckte den Schlag eines Teleskopstocks ein und riss seinem Gegner dafür den Arm ab. Der Anführer der Räuber versuchte die Treppe hinauf zu entkommen, aber Carmela stieß ihn zurück in die Arme ihrer Retter. Dann beugte sich einer der beiden Hünen zu Niklas hinunter, der das Gemetzel verständnislos mitangesehen hatte, und eine große Hand schloss sich um seinen Hals.

Carmela Sindermann rief Worte in einer Sprache, die für Niklas Ohren genau so gut von einem Wookie hätte stammen können. Der Griff um seine Kehle lockerte sich etwas. Einer der beiden Riesen warf sich eine der Leichen über die Schulter und kehrte in den Keller zurück.

Carmela stieg die Treppe hinunter, kniete sich neben Niklas und sah ihm tief in die Augen.

»Es ist sehr schade, dass du das mitangesehen hast. Jetzt wirst du zum Essen bleiben müssen, Markus.«

»Zum Essen?« fragte er mit zittriger Stimme. »Was gibt es denn?«

Carmela wies mit dem Kopf in Richtung der verbliebenen zwei Leichen.

»Die. Sie sind meinen Cousins eigentlich noch ein wenig zu frisch, aber ...«

»Deshalb ist euer Preis so günstig«, dämmerte es ihm. »Ihr verbrennt hier die Toten gar nicht.«

»Oh, sehr viele schon. Aber nicht alle. Euer Umgang mit den Toten hat sich verändert, und wir passen uns daran an.«

Carmela seufzte leise.

»Sobald du mit uns gegessen hast, ist unser Geheimnis wieder sicher, denn sobald du irgend jemandem davon erzählen würdest, machst du dich damit selbst zum Pariah. Falls du diese Einladung aber ablehnst, dann können wir dich nicht wieder gehen lassen.«

Ich kannte Nerat Borr

Wenn man lernen möchte, einen Roman zu schreiben, gibt es jede Menge Handbücher, die einem das beibringen wollen. Kurzgeschichten dagegen sind genreübergreifend ein stiefmütterlich behandeltes Subjekt, und umso mehr freute ich mich auf das Schreibseminar in Wolfenbüttel. Allerdings musste ich mir dafür erst eine Geschichte einfallen lassen, und zwar ein Abenteuer eines bekannten Vertreters einer kontroversen Jugendkultur. Ich las mir die Aufgabenstellung durch und seufzte: »Verdammt. Ein Weltraumpunker!«
Erst mal kam mir ein paar Tage lang so gar keine Idee - und dann verhakten sich ein Kinofilm, ein Comic und ein Musikvideo ineinander.
Der Rest war Schreiben.

»Ich kann euch auch eine Geschichte über Nerat Borr erzählen. Ich war dabei, als er erschossen wurde.«

Die anderen Gäste am Ecktisch der Hafenbar quittierten diese Erklärung mit schallendem Gelächter, und der Weltraumveteran mit der tiefbraun gebrannten Haut schüttelte den Kopf.

»Ich weiß, was ihr jetzt denkt. Und trotzdem – ich war dabei, ich sah ihn sterben damals auf Podgornys Planet. Das liegt zwei Tagesreisen randwärts von Riegla.«

»Ach was, alter Mann!« widersprach einer der Interstar-Flugbegleiter in seiner dunkelblauen Uniform. »Mit meinen eigenen Ohren habe ich Nerat Borr reden gehört, vor nicht mal einer Woche auf Ratton. Und er kam mir sehr lebendig vor. Also was faselst du da?«

Die breitschultrige Frau im Overall einer Staplerlenkerin lächelte dem Veteranen zu. »Ich kenne die Geschichte schon,

Pendar. Aber ich geb' dir gern einen aus, wenn du sie noch mal erzählst.«

»Also gut. Weil du so nett fragst, Lennya.« Pendar lehnte sich zurück und schloss die Augen, während Lennya dem Servierbot ein Zeichen gab. »Das war damals, als Pinuk noch jung und neu und kraftvoll war und „Wieso?" und „Warum nicht?" die Fragen, vor denen sich jede Autorität fürchtete. Heute kann man den bunten Vögeln ja an jeder Straßenecke beim Abhängen zuschauen, aber damals ...«

Der Servierbot stellte ein volles Glas vor dem Erzähler ab. Pendar öffnete die Augen und griff nach dem Drink, hob ihn an die Lippen und sog genießerisch das Aroma durch die Nase. Dann nahm er einen Schluck und stellte das Glas wieder ab.

»Ja. Damals. Pinuk war neu und anders. Und das war eigentlich auch schon alles, was wir jungen Leute auf Podgornys Planet wussten, und da wussten wir etwa genau so viel wie alle anderen im Sektor. Aber wir hatten auch schon mal einen Namen gehört, und zwar den Namen Nerat Borr. Man erzählte sich hinter vorgehaltener Hand eine Menge Geschichten, und vieles davon war frei erfunden wie die Sache auf Makassa oder die lange Nacht von Hoboring. Nerat Borr war da draußen keine Person, er war ein Phantom.

Und dann stieg eines Morgens dieser schlaksige Bursche aus dem Postraumschiff von Riegla, in seiner langen safrangelb gefärbten Jacke und mit diesen Hosen, die vorne grün und hinten zyanblau waren, und marschierte mit dem Raumsack über der Schulter quer über das Landefeld. Ich konnte richtig sehen, wie sich überall die Köpfe nach ihm umdrehten.

Einer dieser Köpfe gehörte Needa Troyn. Sie war die Nichte des Raumhafenleiters und die begehrteste junge Frau auf dem Planeten, und sie langweilte sich zusammen mit ein paar anderen jungen Leuten wie mir, die meinten, dass es doch mehr in der Galaxis geben müsste als das Leben auf Podgornys Planet.

Needa war die Anführerin unserer Gruppe, und sie hielt den Fremden an. Needa mit den violett gefärbten Haaren und den nachtblauen Augen, in denen man ertrinken konnte. Needa fixierte ihn und fragte: „*Bist du Nerat Borr?*"

Der Mann, dessen wahren Namen ich nie erfahren habe, erwiderte ihren Blick, zögerte einen Herzschlag länger als jeder Podgornyk seines Alters und antwortete: „*Na klar, Schönheit!*"

Und in den nächsten Wochen stellte er unser Leben auf den Kopf. Nerat – ich nenne ihn einfach weiter so – Nerat erzählte uns viel darüber, wie wir uns selber in Käfige einsperren, indem wir kritiklos glauben, was Eltern, Lehrer und Experten sagen. Er forderte uns heraus, unsere Käfige zu erkennen und hinter uns zu lassen und auch anderen eine Kostprobe vom Geschmack der Freiheit zu geben; ob sie in ihren Käfigen blieben oder nicht, das sei ihre Entscheidung, aber ihnen die Tür zu zeigen, das wäre Pinuk. Es sei nicht unsere Schuld, dass die Welt ist, wie sie ist – aber es wäre unsere Schuld, wenn sie so bliebe.«

Pendar hob das Glas und leerte es. Während seiner Geschichte hatten sich ein paar neue Zuhörer von den Nachbartischen zu der Runde gesellt; einer von ihnen, ein Händler mittleren Alters mit kurzem, sandfarbenen Haar, bestellte einen weiteren Drink für den Erzähler.

»Am Schluss haben sie ihn natürlich drangekriegt, festgenommen und vor Gericht gestellt wegen „Sabotage primärer Infrastruktur". Das war nach einem uralten Erlass aus den

Anfangstagen der Kolonisierung ein Kapitalverbrechen, auf das die Todesstrafe stand oder die Deportation.

Und wenn ihr euch jetzt fragt, was genau Nerat sabotiert hat: Er hatte Türen im Hauptgebäude der planetaren Verwaltung mit programmierbaren Aufklebern versehen. Die waren auf den großen Planeten schon im Umlauf, aber für uns Hinterweltler waren sie ganz was Neues. Da stand also plötzlich auf einer Tür „Kein Zutritt für Befugte", um ein Beispiel zu geben. Kleinigkeiten eigentlich, die aber einen systemkonform angepassten Bürokraten zutiefst verstören.

Nerat war ins Hauptgebäude gegangen und hatte sämtliche Toiletten „Geschlossen auf Anweisung des Büros für notwendige Maßnahmen". Jede Menge Mitarbeiter verfluchten dieses Büro, das er erfunden hatte, und suchten in ihrer Korrespondenz nach einem Memo, das sie vielleicht übersehen hatten - aber zwei Tage lang verließen sie für ihre Notdurft tatsächlich gehorsam das Gebäude, bevor schließlich doch jemand einfach sein Glück an einer Tür versuchte und sie offen vorfand.

Die Anklage warf dem interstellar berüchtigten kriminellen Anarchisten Nerat Borr vor, sich unter falschem Namen auf Podgornys Planet eingeschlichen zu haben, um Chaos zu verbreiten und die Administration zu stürzen. Das Urteil stand eigentlich schon fest, als sie Nerat die Handschellen anlegten.

Am Tag der Verhandlung saßen Corey Zim und ich dank Nerats Aufklebern im Zuschauerraum, weil wir damit zwei Besucherausweise fälschen konnten, und Needa leitete eine Demonstration vor dem Gebäude. Wir hatten keinen Plan, nur den Drang, irgendetwas zu tun; aber als der Richter sagte „*Angeklagter Nerat Borr, erheben Sie sich zur Urteilsverkündung!*" – da stand ich auf, fühlte ein paar hundert Augen und ein paar Kameras auf mir und erklärte: „*Ich bin Nerat Borr!*"

Und während sie das noch zu schlucken versuchten, stand Corey auf und rief: „*Ich bin Nerat Borr!*" Während der Richter auf sein Pult hämmerte und „*Ruhe im Gerichtssaal!*" forderte, schlossen sich uns drei weitere Nerat Borrs an, und zwei von ihnen hatte ich noch nie vorher gesehen.

Nerat – also, Nerat Eins – stand natürlich mit dem Rücken zu uns und konnte uns nur hören. Aber er sagte dem Richter: „*Nerat Borr ist nicht einfach eine Person, sondern eine Idee. Und eine Idee können Sie nicht –*" und plötzlich hatte der Polizeichef seine Waffe in der Hand. Ich sah noch, wie seine Lippen sich bewegten, aber ich habe nur diesen gewaltigen Knall gehört. Als Nächstes hatte ich Spritzer von Nerats Blut und Hirn auf meiner Jacke, und dann brach Panik aus.

Der Polizeichef zielte auf mich, als zwei Saaldiener sich auf ihn warfen und ihn zu Boden rissen. Der Schuss ging noch los und riss einer Frau neben mir ein Ohr weg.

Nerat hat Recht behalten. Die anderen und ich wurden noch im Gerichtsgebäude festgenommen, aber die Nachricht verbreitete sich, und in jeder Siedlung auf Podgornys Planet gab es jemanden, der Nerats Flamme am Leben erhalten wollte. Mit Aktionen, die Staunen und Verwirrung hinterließen, aber nicht mit Gewalt. Gewaltanwendung war nie unser Stil gewesen.

Ein paar Monate lang wurden die sogenannten Borristen verfolgt, im Schnellverfahren abgeurteilt und zur Abschreckung nach Riegla deportiert, wo wir uns ein neues Leben aufbauen mussten. Dann gab es einen Regierungswechsel, und man bot uns eine Amnestie an und ein Ticket zurück – aber ich lebte inzwischen mit einer Frau zusammen, hatte einen Job auf der Raumwerft und keine Spur von Heimweh.«

Er trank aus und stellte das Glas ab.

»Natürlich haben wir auf Riegla auch gehört, was Nerat Borr auf Ragoua und Bafoussam erlebt hat, und es kamen immer neue Abenteuer dazu. Egal wen der Polizeichef von Podgornys Planeten ins Gesicht geschossen hatte – für die Galaxis lebte Nerat Borr weiter. Unser Nerat hatte uns gezeigt, dass in jedem von uns ein bisschen Nerat Borr steckt, auch wenn wir es fast nie wagen, ihn von der Leine zu lassen. Aber damals im Gerichtssaal ... da war ich selbst Nerat Borr, ein paar Minuten lang.« Pendar seufzte tief.

»Das ist nämlich der große Trick: jeder kann Nerat Borr sein, wenn er genug Traute dazu hat, aber mit der Zeit wurde das ein immer größeres Paar Stiefel. Und der Mann, den du auf Ratton gehört hast, Junge – ja, bestimmt war der auch mal Nerat Borr, bevor er wurde, was er heute ist.«

Es dauerte einige Sekunden, bis jemand zu klatschen anfing, und die anderen schlossen sich dem Beifall an.

Als er abklang, sagte der Händler: »Das war eine interessante Geschichte, Maester Pendar. Sehr lehrreich, finde ich.«

»Freut mich, wenn sie Ihnen gefallen hat, Maester ... ?«

»Oh, Entschuldigung.« Der Fremde lachte leise und stand auf. »Nennen Sie mich Nerat.«

Augen zu und durch

Vor ein paar Jahren riefen die Leute vom Online-Magazin „Zauberspiegel" dazu auf, ihnen Geschichten zu schicken, in denen ein magischer Spiegel eine Rolle spielen sollte.
Und so waren meine Erkundungen über „Nackenbeißer"-Romane vor dem Hintergrund des frühen 19. Jahrhunderts dann doch nicht ganz umsonst gewesen.

Hunderte von Kerzen badeten den Ballsaal von Kettering Manor in goldenem Licht, aber Elizabeth Darrow konnte sich an all der Pracht nicht erfreuen. Stattdessen musste sie immer wieder an rotes Blut auf weißem Schnee denken und an die Hasenpfote in der Schlinge …

Als sie neun war, hatte Elizabeth ihren Bruder Christopher auf einen Ausflug mit dem Wildhüter des Familienlandsitzes begleitet. Am Waldrand waren sie auf die Schlinge eines Wilderers gestoßen, und eine Hasenpfote steckte darin. Der dazu gehörende Hase war nicht mehr da, doch Spuren von Blut ließen erahnen, dass es für ihn nicht gut ausgegangen war.

Elizabeth hatte damals um den armen Hasen geweint, der in der Schlinge festhing und nicht vor seinen Jägern davonlaufen konnte; sie war ganz sicher, dass ihn ein Fuchs gefressen haben musste. Erst viel später erfuhr sie aus einer beiläufigen Bemerkung ihres Vaters, dass gefangene Tiere sich oft vor lauter Angst ihre Gliedmaßen abbissen, um aus der Falle zu entkommen. Das hatte es für sie aber ganz und gar nicht besser gemacht.

Nun ließ Elizabeth ihren Blick über die tanzenden Paare schweifen und ahnte, wie sich so ein Hase in der Schlinge fühlen musste. Wenn es nach dem Willen ihres Vaters ging, dann entschied sich hier und heute, wer sie heiraten würde.

Und vor allem anderen musste ihr Zukünftiger Geld haben – es war sehr teuer gewesen, Christopher die Stelle als Major bei dem Dragonerregiment seiner Wahl zu beschaffen.

Elizabeths Patentante Charlotte Lady Kettering gab den heutigen Ball zwar für ihre eigenen Töchter Margaret und Millicent, hatte es aber übernommen, auch für Elizabeth ein Ballkleid zu besorgen und ihre Haare frisieren zu lassen. Sogar ein wenig Schmuck hatte sie ihrem Patenkind für diesen Abend geliehen.

Trotzdem kam die dunkelblonde Elizabeth sich neben ihren gertenschlanken Cousinen mit den weizengoldenen Haaren vor wie eine Gans unter Schwänen. Zweifellos hatte Tante Charlotte den Dienern auch eingeschärft, die Halskette und die Ohrringe zurück zu fordern, ehe ihr Bruder und ihre Nichte sich wieder auf den Heimweg nach Chipton machten …

Die junge Frau schreckte auf, als ein Mann in der Uniform eines Fähnrichs bei den Husaren sich in ihre Richtung bewegte. Sie konnte spüren, wie ihr das Blut in die Wangen schoss. Zu ihrer Erleichterung wandte der Fähnrich sich dann aber doch an ihre Cousine Margaret, um sie zum Tanz zu bitten.

Elizabeth fächerte sich Luft zu und wich ein paar Schritte zurück an die Wand, dann drehte sie sich so, dass sie das muntere Treiben in den Spiegeln beobachten konnte.

Margaret machte eine großartige Figur, als sie zusammen mit dem Husarenfähnrich einen Walzer tanzte. Ihr himmelblaues Kleid passte hervorragend zum Dunkelblau der Husarenjacke und den goldenen Schnüren. Sie ließ ihren Blick schweifen, bis er auf dem Spiegelbild ihres Vaters zu ruhen kam.

William Darrow unterhielt sich mit einem stämmigen, dunkel gekleideten Mann mit rotfleckigen Wangen, bei dessen Anblick sie unwillkürlichen Abscheu empfand. »O nein, Vater! Bitte nicht den!« hätte sie ihm gerne zugerufen, aber sie wusste nur zu gut, dass eine solche Bitte auf taube Ohren stieße.

Stumm wie Geister bewegten sich livrierte Lakaien zwischen den Gruppen beisammen stehender Herren oder Damen und boten Erfrischungen an. Gelegentlich nahm jemand ein volles Glas von ihren Tabletts oder stellte ein geleertes dort ab, ohne den Trägern Beachtung zu schenken – sie waren bewegliches Inventar, nicht mehr.

Umso mehr staunte Elizabeth über die Dreistigkeit eines der Dienstboten, der aus nächster Nähe das Dekolleté einer prächtig gekleideten Dame studierte. Sie schüttelte den Kopf und drehte sich von den Spiegeln fort. Ja, dort stand die Dame, und die Gentlemen in ihrer Nähe lachten wie über einen gelungenen Scherz. Aber wo war dieser impertinente Bursche geblieben?

Sie wandte sich wieder den Spiegeln zu. Dort stand er doch! Wie hatte sie ihn nur übersehen können? Und jetzt hob er den Kopf und schaute sich um, gerade so als ob er ihren Blick spüren könne. Elizabeth Darrow sammelte ihren Mut und schaute wieder direkt hinüber zu der belästigten Dame. Und wieder war der Lakai spurlos verschwunden – gerade so als hätte er die Gabe, sich unsichtbar zu machen. Nur den Spiegel schien er damit nicht täuschen zu können.

Der geheimnisvolle Fremde trug auch nicht die Livree eines Hausdieners, wie sie zuerst gedacht hatte; wohl war der Schnitt seiner Kleidung ähnlich, aber die Farben waren dezenter. Tatsächlich machte er den Eindruck, als sei er direkt aus einem der Gemälde in der Ahnengalerie gestiegen, um sich den Ball anzuschauen.

Und jetzt, in diesem Augenblick, starrte er zu ihr hinüber. Er nickte Elizabeth kurz zu und verzog den Mund zu einem anerkennenden Lächeln, dann duckte er sich hinter ein paar plaudernde Gentlemen und war nicht mehr zu sehen.

Ein Schauer lief ihr über den Rücken. Was war das für eine merkwürdige Erscheinung gewesen? Und warum schien niemand den seltsamen Mann bemerkt zu haben – niemand außer ihr?

Zumindest auf die zweite Frage war die Antwort schnell gefunden: Jeder außer Elizabeth schaute auf die Tanzfläche oder unterhielt sich mit anderen Gästen. Niemand achtete auf die Spiegel.

Ihre zweite Cousine Millicent Kettering löste sich gerade von ihrem Tanzpartner und kam mit glänzenden Augen und geröteten Wangen auf sie zu. Elizabeth hörte geduldig zu, was Millicent Vorteilhaftes über den jungen Mann zu sagen hatte, und fragte sie dann: »Habe ich dir schon gesagt, wie großartig ich euer Haus finde? Bestimmt gibt es auch unheimlich viele Geschichten darüber zu erzählen ...«

Elizabeths Cousine kicherte und nickte.

»Als Kettering Manor noch den Earls von Wilchester gehörte, da soll es hier wild zugegangen sein. Aber wenn du dich für alte Geschichten interessierst, dann kann dir Mutter bestimmt mehr darüber erzählen.« Nach dieser Auskunft richtete Millicent ihre Aufmerksamkeit wieder auf die schneidigen jungen Männer.

Hier war nicht mehr zu erfahren, machte Elizabeth sich klar. Also setzte sie sich in Bewegung und suchte ihre Tante.

Die Herrin des Hauses stand im Empfangssalon und gab mit gedämpfter Stimme Anweisungen ans Personal. Geduldig wartete ihre Nichte darauf, dass Lady Charlotte ihr einen Augenblick ihrer Zeit widmen konnte.

Schließlich bekam sie ihren Moment. »Kann ich dir weiterhelfen, meine Liebe?«

»Tante Charlotte. Mir wird ganz schwindlig da drin im Ballsaal. Kann ich mich vielleicht ein paar Minuten ausruhen, zum Beispiel in eurer Bibliothek?«

Elizabeths Patentante überlegte einen Moment lang, dann wandte sie sich an einen der Diener.

»Melvin. Sie führen Miss Darrow in die Bibliothek und stellen sicher, dass sie dort nicht von einem der Gentlemen gestört wird. Weisen Sie unseren Gästen den Weg zum Rauchsalon, falls sie ihn nicht finden.«

Melvin hatte schütteres graues Haar und braune Altersflecken im Gesicht und auf den Händen. Er nickte und setzte sich in Bewegung, und Elizabeth folgte ihm.

Die Bibliothek von Kettering Manor wirkte auf den ersten Blick größer, als sie es war; ein übermannsgroßer Spiegel in einem Türbogen schuf die Illusion eines zweiten Raumes voller Bücher. Schwere Vorhänge aus dunkelgrünem Samt verbargen die Fenster. Zwei schwere lederbezogene Sessel und ein Lesepult nahmen die dem Fenster zugewandte Hälfte des Raumes ein, während ein Globus die andere Seite dominierte.

Elizabeth ließ ihre Finger über die Ledereinbände in den Regalen gleiten. John Milton, Daniel Defoe, Jonathan Swift ... John Bunyan und Samuel Butler ... Werke über Geographie, Zoologie und Botanik ... und eine Menge Titel in lateinischer Sprache. Auf dem Lesepult lag ein aufgeschlagenes Buch –

neugierig trat sie näher und schaute hinein. Es war die aktuelle Ausgabe von *Debrett's Peerage and Baronetage*. Elizabeth merkte sich die Seite, an der das Nachschlagewerk geöffnet gewesen war, und suchte dann nach den Earls von Wilchester.

Der zweite Earl von Wilchester war zu Zeiten König James' II. ein bekannter Dichter von Satiren gewesen, der das Theater geliebt hatte und etliche Schauspielerinnen dazu. Der König hatte seinen Freund vom Hof verbannt, nachdem dieser ein anstößiges Theaterstück zu viel geschrieben hatte.

Sein Sohn, der dritte Earl von Rochester, hatte sich mit Alchemie befasst und große Anstrengungen unternommen, um die Büchersammlung von Dr. John Dee möglichst vollständig in seinen Besitz zu bringen.

Der vierte Earl war für seine Ausschweifungen berüchtigt gewesen. Als er schließlich vor hundert Jahren bei einem Duell den Tod fand, hatte er das Vermögen der Familie verspielt und verprasst. Der Titel fiel an seinen jüngeren Bruder, der spurlos verschwand, als die Gläubiger den Wilchester-Besitz unter sich aufteilten. Seitdem gab es keine Earls von Wilchester mehr.

Elizabeth blätterte wieder zurück zu der Stelle, an der das Buch aufgeschlagen gewesen war, und ließ sich in einen der Ledersessel fallen. Es wäre möglich, dachte sie. Es wäre möglich, dass einer der Wilchesters hier im Haus spukte. Aber warum er das dann so ungewöhnlich diskret tun sollte, darauf vermochte Elizabeth sich keinen Reim zu machen.

Urplötzlich hatte sie das Gefühl, nicht mehr allein im Raum zu sein. Aber niemand war zu sehen, und die Tür war auch nicht geöffnet worden. Gab es in den Mauern von Kettering Manor vielleicht verborgene Gänge, Gucklöcher und geheime Türen aus den Tagen der Wilchesters?

Der große Wandspiegel schien ihr ein hervorragender Ort zu sein, um so eine Geheimtür zu verbergen. Elizabeth stand auf und ging zum Spiegel, um ihn genauer zu untersuchen.

Er war nicht aus Glas, stellte sie fest. Wenn sie einen der üblichen Glasspiegel mit dem Finger berührte, dann konnte sie von der Seite her einen feinen Spalt wahrnehmen, weil die spiegelnde Schicht auf der Rückseite der Glasscheibe lag. Hier gab es nicht den kleinsten Lichtspalt zwischen ihrer Fingerspitze und deren Spiegelbild; dem Anschein nach handelte es sich um eine blankpolierte Platte aus Metall.

Elizabeth ließ ihre Finger über die Ränder des Spiegels gleiten und drückte an verschiedenen Stellen dagegen, aber die Platte gab nicht nach. Enttäuscht trat sie einen Schritt zurück, verschränkte die Arme vor der Brust und starrte ihr Spiegelbild an, als ob es ihr eine Antwort schulde.

Ihr Spiegelbild starrte zurück. Aber dahinter ...

Elizabeth blinzelte überrascht. Der seltsame Mann in dem altmodischen Gehrock stand an der Wand in ihrem Rücken – oder jedenfalls im Rücken ihres Spiegelbildes. Sie drehte schnell den Kopf und schaute über die Schulter: hinter ihr war niemand zu sehen, und sie hatte es auch nicht anders erwartet. Dann konzentrierte sie sich wieder auf den Spiegel. Das Abbild des Fremden zog die Mundwinkel zu einem kaum wahrnehmbaren Lächeln hoch, dem eine angedeutete Verbeugung folgte. Elizabeth erwiderte diese Aufmerksamkeit mit einem Knicks, und das Lächeln wurde ein wenig breiter.

»Wer sind Sie?« fragte sie.

Der Fremde im Spiegel legte den Kopf schräg und bewegte die Lippen, aber kein Ton drang an ihr Ohr. Dann hob er in einer Geste der Ratlosigkeit die Hände in Brusthöhe und drehte die offenen Handflächen nach oben. Die junge Frau nickte und dachte nach. Er konnte sie also nicht hören, dort auf der anderen Seite des Spiegels. Gab es einen anderen Weg, sich mit ihm zu verständigen?

Elizabeth beugte sich vor, als wolle sie ihr Ebenbild küssen – dann hauchte sie auf den Spiegel und schrieb mit dem Zeigefinger *Wer sind Sie?* in die beschlagene Fläche.

Der Unbekannte hatte Abstand vom Spiegel gehalten, um nicht zwischen sie und ihr Spiegelbild zu geraten. Nun wich die junge Frau zurück und gab ihm Gelegenheit, sich dicht vor seine Seite des Spiegels zu stellen. Gespannt schaute sie zu, wie er sich seinerseits vorbeugte, wie ein Teil des Spiegels vor seinem Mund undurchsichtig wurde und wie dort Buchstaben erschienen. Bevor sich der Fleck wieder auflöste, konnte sie *Thomas Lovett V Wil* lesen.

Elizabeth nickte und ging wieder hinüber zum Lesepult mit dem *Debrett's*. Erneut schlug sie Seiten über die Earls von Wilchester auf und fand ihren Verdacht bestätigt: der fünfte und letzte Earl, der spurlos verschwunden war, hatte den Namen Thomas Lovett getragen.

Vor rund einhundert Jahren.

Draußen vor der Tür zur Bibliothek wurde es laut; Elizabeth erkannte die Stimme ihres Vaters. Dann wurde die Tür aufgerissen, und William Darrow betrat den Raum. Ein Hüne mit vernarbtem Gesicht und eisengrauem Haar begleitete ihn.

»Das ist meine Tochter Elizabeth. Sie werden sehen, dass ich nicht übertrieben habe, als ich Ihnen ihre Vorzüge schilderte.«

»Sie liest,« grollte der Mann, der anscheinend ihr Verlobter werden sollte. Elizabeths Vater hörte sich so an, wenn er das Lahmen eines Pferdes bemängelte.

»Das ist die Jugend,« parierte William Darrow diese Kritik. »Komm her, meine Liebe. Ich darf dir Mr. Ebenezer Cranmore vorstellen.«

Widerstrebend trat Elizabeth an die Seite ihres Vaters und knickste vor dem Bewerber um ihre Hand. »Ich freue mich, Ihre Bekanntschaft zu machen, Mr. Cranmore ...«

Überrascht schnappte sie nach Luft, als ihr Vater plötzlich ihre Unterarme mit festem Griff packte. Die Überraschung wurde zu Entsetzen und Scham, denn Mr. Cranmore benahm sich wie auf dem Viehmarkt. Das Blut schoss der jungen Frau in den Kopf und brachte ihre Wangen zum Brennen, als er sich zunächst ihre Zähne anschaute. Dann legte der Käufer beide Hände um ihre Taille und drückte schließlich prüfend eine ihrer Brüste zusammen.

»Das werden schwere Geburten, denn Ihre Tochter hat ein schmales Becken. Und die Kinder werden wohl eine Amme brauchen. Aber ihr Wuchs ist gut und die Zähne sind auch in Ordnung. Ich glaube, wir werden zu einer Übereinkunft kommen können.« Er überlegte kurz. »In drei Tagen wird mein Anwalt Sie auf Ihrem Landgut besuchen.«

Elizabeth fühlte sich wie betäubt. Für diesen Mann war sie nichts weiter als eine Zuchtstute ... und für ihren eigenen Vater ebenfalls.

Sie könnte fortlaufen. Aber wovon sollte sie in der Welt überleben? Ohne Empfehlungen bekäme sie wohl nicht einmal eine Anstellung als Kindermädchen. Elizabeth hatte auch nie gelernt zu kochen oder zu nähen. Ihre Zukunft verwehte vor ihren Augen und ließ nur zwei Aussichten zurück: Sie konnte einen langsamen Tod im Kindbett sterben oder auf der Straße im Elend zu Grunde gehen.

Aus dem Spiegel heraus betrachtete sie das Ebenbild des fünften Earls von Wilchester, von ihrem Vater ungesehen, mit einer Mischung aus Sympathie und Mitleid. Und dass ihr Schicksal diesen Fremden mehr anzurühren vermochte als ihren eigenen Vater - das war vielleicht das Schlimmste für sie.

»Vater,« schluchzte sie. »Bitte zwing mich nicht dazu.«

»Sei still, Mädchen!« William Darrow klang empört angesichts ihres Mangels an Dankbarkeit für seine Mühen. »Eine bessere Partie wirst du nicht machen. Und jetzt gehst du zurück in den Ballsaal und lässt dich sehen, verstanden?«

Elizabeths Hand lag bereits auf der Türklinke, als ihr Vater leise sagte: »Falls du mit deinem Lächeln einen reichen Erben einfangen kannst, reden wir noch einmal darüber. Kannst du das nicht, dann bleibt es bei Ebenezer Cranmore!«

Nein, entschied Elizabeth für sich im Stillen. Sie brauchte weder in der Gosse zu sterben noch bei der Geburt der Kinder ihres Gatten zu verbluten, wenn sie sich vorher das Leben nahm. Bestimmt hatte ihre Tante eine Flasche mit Laudanum im Haus. Sie musste es nur schaffen, ihre Abreise nach Chipton hinaus zu zögern, und dann ...

Für Elizabeth gab es keine Zukunft mehr, also hatte sie auch nichts mehr zu fürchten. Sie fühlte sich seltsam leicht und beschwingt, als sei eine schwere Last von ihren Schultern gefallen. Es kam ihr vor, als sähe sie einer anderen jungen Frau zu, die sich prächtig amüsierte. Elizabeth hörte sich lachen, als eine ihrer Cousinen einen Scherz machte, und ihr gelang augenscheinlich sogar eine geistreiche Erwiderung.

Zu schade, dass ihr Leben erst jetzt anfing, nachdem sie sich entschlossen hatte, es zu beenden. Viel zu lange hatte sie zugelassen, dass die ungewisse Zukunft ihren Schatten über sie warf.

Schließlich ging der Ball zu Ende. Die Gäste verabschiedeten sich bei Lord und Lady Kettering und bestiegen die wartenden Kutschen, die sie nach Hause bringen sollten, während William Darrow und seine Tochter die Gästezimmer aufsuchten.

Elizabeth setzte sich vor den Schminktisch und betrachtete sich im Spiegel; sie war nicht besonders überrascht, als das Spiegelbild des letzten Earls von Wilchester ihr zuwinkte. Lächelnd hauchte sie auf die Glasscheibe und schrieb mit der Fingerspitze: *Schade. Ich hätte gerne Dein Geheimnis erforscht.*

Auf der anderen Seite des Spiegels hielt Thomas Lovett ein Blatt Papier hoch. In großen Blockbuchstaben stand darauf: *ICH KONNTE NIRGENDWO HIN GEHEN.* Dann tauschte er das Blatt gegen ein zweites aus: *ABER ICH KONNTE AUCH NICHT BLEIBEN.* Ein drittes Blatt: *ICH WÄHLTE DEN SPIEGEL.*

Und dann ...

ICH LADE DICH EIN.

Die Gedanken purzelten in ihrem Kopf übereinander. Wollte sie das? Weiter leben als Spiegelbild? Elizabeth Darrow hauchte erneut den Spiegel an und schrieb: *Kann ich auch wieder zurück?*

Der letzte Earl von Wilchester senkte den Blick, dann schrieb er etwas auf und zeigte ihr seine Antwort.

JA. ABER DANN WIRD DIE ZEIT DICH EINHOLEN.

Danach trat er näher an den Spiegel heran und zeigte ihr seine linke Hand – die gekrümmte und altersfleckige Hand eines sehr alten Mannes.

Elizabeth nickte. Sie atmete tief ein, dann presste sie die Finger ihrer rechten Hand gegen den Spiegel. Aber nichts geschah. Hilfe suchend blickte sie das Spiegelbild des Earls an. Thomas Lovett nickte und schrieb: *DAS GLAS VERSPERRT DIR DEN WEG.*

Nachdenklich nagte sie an ihrer Unterlippe. Dann erhob sich Elizabeth Darrow, verhängte den Spiegel des Schminktisches und schlüpfte aus ihrem Ballkleid. Sie zog ihr Reisekleid an, das schon für die Abreise am Morgen bereit gelegt worden war, und packte eine kleine Reisetasche. Zuletzt schrieb sie *Tante Charlotte: Vielen Dank für alles!* auf ein Blatt Papier, legte es auf dem Schminktisch und deponierte den Schmuck ihrer Tante darauf. Dann war sie bereit.

Elizabeth öffnete die Tür und spähte hinaus auf den Flur. Es war stockfinster. Mit der Reisetasche in einer Hand und einer Öllampe in der anderen suchte sie sich einen Weg in die Bibliothek. Dort angekommen stellte sie die Lampe auf dem Lesepult ab und studierte ihr Ebenbild im Metall des Wandspiegels; schemenhaft konnte sie den Earl von Wilchester erkennen, der ihr erwartungsvoll entgegenschaute.

Dann packte sie den Griff ihrer Reisetasche fester und schritt auf den Spiegel zu.

Ein völlig neuer Mensch

Die meisten hier versammelten Kurzgeschichten sind nicht fest in die Zeit gebunden. Diese hier leider schon: ich schrieb sie im Jahr 2000, als der Festa-Verlag nach originellen Hommagen an Howard Philips Lovecraft suchte. Das durfte natürlich nicht die tausendunderste Geschichte von einem unbeschreiblichen Wesen mit einem unaussprechlichen Namen sein. Zur Jahrtausendwende konnte man noch Zeugen einer Zeit auftreten lassen, die heute nicht mehr leben.

Die Frage, die Sie am meisten interessiert, ist nicht so leicht zu beantworten. Ja, ich habe jemanden getötet – oder vielleicht besser etwas. Aber das war nicht mehr Hartwig Ehrlicher, sondern etwas Anderes, das seinen Körper besetzte – etwas Schreckliches. Ich muss Ihnen die ganze Geschichte erzählen, damit Sie verstehen können, was ich getan habe und warum ich es getan habe. Deshalb werde ich Ihnen zuerst ein paar Worte über den Menschen Hartwig Ehrlicher sagen; darüber, wer er war bis kurz vor diesem Tag, an dem ich zum Mörder wurde. Machen Sie sich ruhig Notizen, wenn Sie wollen.

Hartwig war einer der liebenswertesten und warmherzigsten Menschen, die ich kannte. Natürlich hatte er auch Schwächen; wer hat die nicht? Es fiel ihm etwa schwer, nein zu sagen. Wahrscheinlich sind ja auch an Sie schon einmal tagsüber in der Innenstadt Menschen herangetreten mit der Eröffnung: »Entschuldigen Sie. Darf ich Sie etwas fragen?«, der dann fast immer eine Geschichte persönlicher Tragödien folgt und die Bitte, doch mit etwas Kleingeld auszuhelfen. Manchmal glaube ich, diese Leute haben ein Gefühl dafür, bei wem sich die Frage lohnt; vielleicht können sie ihre Aussichten an der Körpersprache ablesen oder an etwas anderem Unbewussten. Die meisten Passanten werden inzwischen nicht einmal mehr langsamer, wenn die einleitende Frage gestellt wird.

Hartwig kam an fast keinem Bettler vorbei, ohne in die Tasche zu greifen.

Ihm fehlte jene Qualität, welche die einen gerne „Durchsetzungsvermögen" oder „gesunder Egoismus" nennen und die anderen „Ellenbogen" und „Rücksichtslosigkeit". Dafür hatte er viel Fantasie – Hartwig schrieb gerne Geschichten, so wie ich. Wir legten uns gegenseitig unsere Ideen zum Durchschauen vor und für konstruktive Kritik. Ich war sehr oft bei ihm zu Besuch und zog ihn gelegentlich mit seinem Bücherregal auf, in dem sich zahlreiche Werke fanden wie *Die Kunst, ein Egoist zu sein* von Josef Kirschner oder vom selben Autor *So wehrt man sich gegen Manipulation, So lernt man, sich selbst zu lenken* ...

Hartwig hatte genug Bücher darüber gelesen, wie man hart und egoistisch werden kann, aber er war trotzdem nie so geworden. Und Hartwig hatte ein Herz für Tiere; besonders Hunde hatten es ihm angetan, auch wenn sie diese Wertschätzung oft nicht erwiderten.

Ich hatte Hartwig das erste Mal im Kasseler Staatstheater getroffen, als zwei Schauspieler auf der kleinen Bühne Horrorgeschichten vorlasen. Ins Gespräch kamen wir zuerst über gemeinsame Lieblingsautoren; später trafen wir auch im Kino aufeinander, und als ich eines Morgens im Sommer meine Tʻai Chi-Übungen im Park machte und Hartwig Ehrlicher sich anschloss, wurden wir von Bekannten zu Freunden. Geteilte Nackenschläge des Schicksals im folgenden Jahr taten ein übriges – Hartwig hörte geduldig zu, als meine große Liebe Schluss mit mir machte, und ich bemühte mich, ihm über den Unfalltod seines Bruders hinweg zu helfen.

Alles begann im August 1999, als wir in einem Auktionshaus in Fulda nach Kuriositäten stöberten. Es war für mich und für Hartwig immer wieder ein Erlebnis, durch die Ausstellungsräume zu wandern und einfach nur nach interessanten Dingen zu schauen. Einer unserer Freunde sagte einmal sehr treffend, Flohmärkte und Auktionshäuser seien der natürliche Lebensraum der Jäger und Sammler.

Ich war auf der Suche nach einem Geschenk für eine alte Freundin und eventuell nach ein paar lange vergriffenen Taschenbüchern, und Hartwig wollte einfach nur herumstöbern. Dabei stieß er auf einen alten Lederkoffer mit Büchern aus einer Haushaltsauflösung, der allem Anschein nach Jahrzehnte in einem Abstellraum zugebracht hatte. Hartwig schaute in den Koffer und holte mich dazu, um mir den ersten Titel vorzulesen: „Herman Wirth: *Die heilige Urschrift der Menschheit – Symbolgeschichtliche Untersuchungen diesseits und jenseits des Nordatlantik*". Erschienen 1936 in Leipzig.

Damit hatte er meine volle Aufmerksamkeit, und ich begann, den Kofferinhalt durchzuschauen. Nachdem ich mich überzeugt hatte, dass von Herman Wirth sowohl der Text- als auch der Bildband in dem Koffer enthalten war, stieß ich darunter auf zwei Bücher von C.G. Jung, *Die Psychologie der unbewussten Prozesse* von 1917 und *Die Beziehungen zwischen dem Ich und dem Unbewussten* aus dem Jahr 1928, und auf eine Aktenmappe. Sie war mit einer Kordel zusammengeschnürt, und ein gelbes Pappschild des Auktionshauses beschrieb den Inhalt trocken als „Maschinenschriftliches Manuskript. Autor nicht ermittelt."

Die Neugier trieb mich, und so bat ich einen Mitarbeiter des Auktionshauses darum, einen Blick auf das Titelblatt dieses Manuskripts werfen zu dürfen. Auf schon etwas angegilbtem Papier stand: *Übungen zur Entwicklung des persönlichen Potentials.* Also hielt ich die Mappe hoch und sagte zu Hartwig, der neben mir stand: »Schau mal. Das wird Dir gefallen ...«

Die Konkurrenz beim Ersteigern war nicht sehr groß. Außer mir und Hartwig schauten sich nur noch zwei andere Besucher den Koffer überhaupt an, stöberten ein wenig zwischen den enthaltenen Büchern herum und stiegen kurz nach dem Mindestgebot aus. Als wir den Zuschlag bekommen und bezahlt hatten, teilten wir den Kofferinhalt auf: Herman Wirth und C.G. Jung blieben in meinen Händen, und Hartwig nahm sich das Manuskript. Noch auf der Heimfahrt begann er darin zu lesen.

Eine Woche später rief Hartwig mich an. Er hatte den Anfang des Manuskripts durchgearbeitet und war fest entschlossen, mit diesem Übungsprogramm anzufangen.

Am Anfang stand eine umfassende Bestandsaufnahme seines Lebens, seiner Arbeit und seiner Freunde – diese Inventur hatte Hartwig gerade abgeschlossen. Anschließend las er mir die Anleitung zur ersten Übung vor. Die Wortwahl und der Satzbau folgten einer besonderen Metrik, die mich sowohl an die nordischen Stabreime als auch an die Hexameter der klassischen griechischen Dichtung erinnerte; die Übungen waren offenbar dafür gedacht, laut vorgelesen zu werden, und brachten den Leser ganz von selbst dazu, dem Rhythmus zu folgen.

Auf den Text folgte ein einprägsamer Zweizeiler, der den Übungsinhalt noch einmal kurz zusammenfasste.

Ich muss an diesem Punkt gleich sagen, dass ich mich nicht wirklich auskenne in dem weiten Feld zwischen Pädagogik und Psychologie. Ich hatte früher einmal ein paar Bücher darüber gelesen, wie man die Schwächen der eigenen Persönlichkeit erkennt und was man dagegen tun kann – die Sorte Bücher, die in Hartwigs Bücherregal stand, liegt bei mir in einem Umzugskarton auf dem Dachboden. Aber gerade deswegen kamen mir einige Grundlagen dieses Aufbauprogramms bekannt vor: Für mich klang das alles nach einer Variante der Neurolinguistischen Programmierung mit Elementen von Autosuggestion und autogenem Training. Allesamt Verfahren, die generell erst in den sechziger Jahren oder noch später bekannt geworden sind.

Mit Neurolinguistischer Programmierung kennen Sie sich wahrscheinlich besser aus als ich. Aber so wie ich es verstanden habe, beschäftigt sich die Neurolinguistische Programmierung – abgekürzt NLP – mit der kontrollierten Veränderung der eigenen etablierten Verhaltensmuster. Eines der zahlreichen Lehrbücher nennt sie die „Wissenschaft von der persönlichen Vervollkommnung und von effizienter Kommunikation".

In der Sichtweise der Neurolinguistischen Programmierung lebt jeder Mensch in seiner ganz eigenen und einzigartigen Welt, die aus seinen Sinneseindrücken und individuellen Lebenserfahrungen aufgebaut ist und die auch seine Wahrnehmung entsprechend vorfiltert – also über unsere persönliche Realität bestimmt. Auf der Grundlage dieser gefilterten Wahrnehmung handeln wir dann. Die NLP gibt ihrem Schüler die Möglichkeit, seine Lebenserfahrungen neu zu bewerten und zu gewichten und so die persönliche Realität und seine Reaktionen darauf in die Richtung zu verändern, die er sich wünscht.

Dabei ändert sich allerdings nur der Blickwinkel auf die „Wahre Welt" und das Spektrum der Geschehnisse, die er wahrnimmt und in seine eigene Welt einbaut. Robert Wilson, der Mitautor der *Illuminatus*-Romane, hat für diesen Blickwinkel den Begriff „Tunnelrealität" geprägt.

Leider gab das gesamte Manuskript keinen Hinweis auf seinen Autor, wie mir Hartwig sagte. Ich begann mich zu fragen, wer dieser Mensch gewesen war. Es musste doch irgendeine Möglichkeit geben, seine Identität herauszufinden.

Als Einstieg nahm ich mir die Wirth-Ausgabe vor; immerhin hatten die Bände den Koffer mit dem Manuskript geteilt. Auf der Rückseite des Titelblattes fand sich ein verblasster Stempel mit dem Reichsadler und einem Hakenkreuz, der in Frakturschrift jeden Band als Besitz der Stiftung Ahnenerbe auswies, zusammen mit einer Buchstaben-Zahlen-Kombination, wie sie für alte Bibliotheken typisch ist.

Vom Ahnenerbe hatte ich früher schon einmal in Anmerkungen gelesen. Das Ahnenerbe war ursprünglich als wissenschaftliche Stiftung gegründet worden, um sich mit der Erforschung der germanisch-nordischen Kultur vor der Christianisierung Europas zu befassen. Dabei forschte man gezielt nach Belegen für hochstehende kulturelle Leistungen und Errungenschaften, die den völkischen Überlegenheitsanspruch der nationalsozialistischen Ideologie untermauern sollten. Herman Wirth hatte wesentlich zu diesen Forschungen beigetragen und sich mit einer angeblich überlieferten Geschichte einer prähistorischen Hochkultur des friesischen Raumes beschäftigt, der sogenannten "Ura-Linda-Chronik".

Wenige Jahre nach ihrer Gründung wurde die Stiftung dann von der SS übernommen; Wirth geriet danach immer mehr ins Abseits, um schließlich noch vor dem Krieg ganz auszuscheiden.

An diesem Punkt meiner Recherchen konnte ich nur vermuten, dass der Verfasser der „Übungen" entweder ein Mitarbeiter des Ahnenerbes gewesen war oder doch mindestens Zugang zur Bibliothek der Stiftung gehabt hatte. Also beschloss ich, mit meinen Nachforschungen beim Ahnenerbe anzufangen.

Die „Studiengesellschaft für Geistesurgeschichte Deutsches Ahnenerbe" wurde am 1. Juli 1935 in Berlin gegründet. Herman Wirth war ihr eigentlicher Vater, aber zu den Mitbegründern zählten auch Heinrich Himmler und der Reichsbauernführer Richard Walter Darré, der die Ideologie von „Blut und Boden" begründet hatte. Die Studiengesellschaft hatte in den Jahren ihrer Existenz eine ganz erstaunliche Auswahl von Themen neben der germanischen Frühgeschichte erforscht.

In einem Buch aus den siebziger Jahren, das sich mit dem Ahnenerbe beschäftigt, stieß ich auf eine ausführliche Organisationstafel. Da gab es zum Beispiel eine „Forschungsstätte Runen und Sinnbildkunde", eine „Forschungsstätte zur Überprüfung der sogenannten Geheimwissenschaften", ein „Forschungsinstitut für Ortung und Landschaftssinnbilder", Forschungsstätten für eine Vielzahl weiterer Sachgebiete und Dienststellen in den Niederlanden, Norwegen und Flandern.

Und es gab eben auch ein „Institut für wehrwissenschaftliche Zweckforschung", das Außenstellen in verschiedenen Konzentrationslagern unterhalten und Versuche an Häftlingen unternommen hatte – zum Beispiel, wie lange ein Mensch in eiskaltem Wasser überleben kann, bevor er nicht mehr zu retten ist ...

In den ersten Wochen seines Trainings redeten Hartwig und ich noch sehr offen und ungezwungen miteinander, und er beschrieb mir oft, womit er sich gerade beschäftigte. Der unbekannte Verfasser des Manuskripts verwendete einige Methoden, die in der Neurolinguistischen Programmierung von heute für sehr fortschrittlich erachtet werden. Dabei fand ich gerade die Feinheiten aufschlussreich: Der Autor verlangte von seinen Lesern sehr oft, sich ein Rabenpaar vorzustellen oder jeweils ein bestimmtes Runenzeichen zu visualisieren; auf diese Weise sollten sie einen anderen Bewusstseinszustand erreichen, in dem ihr Geist aufnahmefähiger wäre.

Am meisten wunderte ich mich darüber, dass ab der fünften Übung vor der eigentlichen Lektion als Einstimmung körperliche Höchstleistungen gefordert wurden. Ich hatte noch nie davon gehört, dass Dauerlauf, Klimmzüge und Liegestütze zur Erhöhung der geistigen Aufnahmefähigkeit beitragen.

Als Hartwig dann aber erzählte, er fühle sich nach dem schweißtreibenden Training nicht nur körperlich erschöpft, sondern auch wie losgelöst, kaum noch mit dem Körper verbunden – da sah ich plötzlich eigenartige Parallelen. Allerdings hatten sich seit über tausend Jahren Mystiker eher auf Fasten und Meditieren verlassen. Ihr Ziel lag darin, die unruhige Stimme des Ichs zum Schweigen zu bringen, selbst zum Nichts zu werden, damit sie in der entstehenden Stille die Gegenwart des Schöpfers erfahren und mit ihm eins werden konnten.

In Hartwigs Aufbauprogramm war genau dieser Moment, in dem „das Ich schweigt und das Selbst Vergessen findet", wie die Mystiker sagten, der beste Zeitpunkt, um die Übungen zu lesen und am besten sogar halblaut nachzusprechen, um eine optimale Wirkung zu erreichen.

Die Vorliebe für Runen bestätigte meine Hypothese über den Verfasser und die Zeit, in der er sein Manuskript verfasst hatte. Überall spürte man die Leidenschaft der Nationalsozialisten für alles Nordisch-Germanische. Dazu passten auch die beiden Raben - Hugin und Munin, die Begleiter Odins. Gedanke und Gedächtnis ... eine geschickte Symbolbesetzung für ein Programm zur Entwicklung der Persönlichkeit.

An einem Abend Ende November rief mich Hartwig an. Wir hatten schon Wochen vor dem Starttermin abgemacht, für den Film *Fight Club* ins Kino zu gehen. Trotzdem war ich überrascht, als er mir am Telefon sagte, dass er am Samstag die Spätvorstellung ansehen werde. Er könne gern eine Karte mehr vorbestellen, falls ich mitkommen wolle, aber meine verbindliche Entscheidung darüber benötige er jetzt. Wenn ich zu dem genannten Zeitpunkt nicht kommen könnte, dann wäre es zwar schade, aber eben nicht zu ändern.

Ich sagte zu, er bestätigte knapp und legte auf. Ich legte ebenfalls den Hörer auf und fing an, mich zu wundern. Ich war ja schon öfter mit Hartwig im Kino gewesen; üblicherweise wartete er darauf, dass ich oder ein anderer seiner Freunde den Termin vorschlug, und wenn ich verhindert war, war er immer bereit gewesen, den Film auch später zu sehen. Außerdem wartete er sonst immer sehr lange darauf, dass sein Gesprächspartner den Hörer auflegte. Anscheinend trug das Übungsprogramm erste Früchte.

Und dann hatte ich Glück. Nicht bei meinen Ahnenerbe-Recherchen, aber bei der Suche nach dem Urheber des Übungsprogramms.

Die „Übung zur Förderung des Erinnerungsvermögens" bestand darin, sich eine Reihe von altertümlichen Schwarzweiß-Fotografien mit im Detail beschriebenen Techniken einzuprägen.

In der Anfangsphase sollte eine möglichst vollständige Beschreibung des Bildinhaltes eine Stunde nach der Betrachtung niedergeschrieben werden, in späteren Stadien konnte man angeblich noch Tage später den Bildinhalt aus dem Gedächtnis abrufen.

Ende März fand ich die Zeit, mir diese schon etwas verblassten Bilder näher anzuschauen. Sie zeigten Personen und Landschaften, und auf einer von ihnen gruppierten sich vier junge Männer in der Kleidung der zwanziger Jahre um einen Wagen und grinsten breit in die Kamera.

Irgendetwas am Hintergrund kam mir bekannt vor. Schließlich erinnerte ich mich: Der Brunnen mit der Storchenfigur, vor dem der Wagen abgestellt war - dieser Brunnen stand bis zu einem Bombenangriff 1944 auf dem Marktplatz in Eisenach, gar nicht weit entfernt von meinem Heimatort. Ich hatte eine Fotografie der Brunnenfigur in einem Bildband gesehen, der Eisenach in der Zeit zwischen den Weltkriegen beschrieb.

Vorsichtig löste ich das Foto aus dem Manuskript und drehte es um; in verblasster Tinte und altdeutscher Schreibschrift stand dort „Mein Automobil!"

Damit hatte ich meinen ersten vagen Anhaltspunkt, um das Geheimnis um die Identität des Verfassers zu lüften. Eisenach hat einen recht aktiven Heimat- und Geschichtsverein; vielleicht konnte sich dort noch irgendein alter Mann an die Gruppe um den Wagen erinnern?

Hartwig hatte nichts dagegen, dass ich mir von einem Foto-Fachgeschäft Kopien der alten Bilder anfertigen ließ. Sobald ich diese Kopien hatte, schrieb ich einen Brief an den Vereinsvorsitzenden und bat um seine Unterstützung.

Nicht ganz drei Wochen später erhielt ich Antwort aus Eisenach. Der Geschichtsverein hatte tatsächlich einige Menschen gefunden, die zu den Personen auf dem Foto Namen angeben konnten. Namen, an die ich bei meinen Recherchen anknüpfen konnte.

Hans Liebenau lebte damals in einem Altenpflegeheim. Sein Bruder Georg war 1943 in Russland gefallen und Walter Gleim starb 1947 als Kriegsgefangener in einem Lager in Sibirien.

Der vierte Mann, Rudolf Scheller, galt seit 1945 als vermisst. Ich schrieb einen Brief an Hans Liebenau und bat ihn darum, mich als Besucher zu empfangen und mir bei meinen Forschungen behilflich zu sein, um die Anerkennung eines seiner damaligen Freunde als Vordenker der Neurolinguistischen Programmierung zu erreichen.

Zu diesem Zeitpunkt wurde mir klar, wie stark die Wirkung des Manuskripts auf Hartwig wirklich war. Er war unvermittelt zum Vegetarier geworden und hatte mit dem T'ai Chi aufgehört, um stattdessen verstärkt Dauerlauf zu betreiben.

»Einen gesunden Geist verlangt es nach einem gesunden Körper«, antwortete er auf meine erstaunte Nachfrage.

Kurz bevor ich nach Eisenach fuhr, traf ich Hartwig zufällig in der Stadt beim Einkaufen. Er stand vor einem der Obdachlosen in der Fußgängerzone, einem langhaarigen, bärtigen

Mann in einem alten Parka, der auf einem dünnen Sitzkissen hockte und einen Schäferhundemischling neben sich liegen hatte. Hartwig hatte die Hände in die Hüften gestemmt und herrschte den Mann an, es gäbe jetzt genug Arbeit in der Landwirtschaft und Bauern, die händeringend nach Erntehelfern suchten - warum also säße er hier und erwarte von anderen Hilfe für seinen Unterhalt, anstatt zum Beispiel in den Brandenburger Spargelfeldern die Ärmel hoch zu krempeln und einen neuen Anlauf für sein Leben anzufangen? Der Bärtige starrte ihn an, setzte mehrmals mit gedämpfter Stimme zu einer Erklärung oder Verteidigung an, aber Hartwig ließ sich in seiner flammenden Ansprache nicht unterbrechen.

»Haben Sie denn jede Selbstachtung verloren, Mann? Wollen Sie gar nicht mehr auf die Beine kommen? Sind Sie zufrieden damit, hier auf einen warmen Regen zu warten?«

Einige Passanten wagten im Vorbeigehen scheue Blicke auf die Szene, ohne sich jedoch in irgendeiner Form einzumischen.

Als Hartwig mich sah, ließ er schließlich von seinem Opfer ab und kam zu mir herüber. Mein Gesicht muss ihm meine Überraschung verraten haben. Das war so gar nicht mehr der Hartwig, den ich kannte! Seine Haltung und seine ganze Körpersprache hatten sich verändert. Es gibt in der Psychologie einen „persönlichen Raum", und Menschen fühlen sich verunsichert, wenn die Grenze dieses Raumes überschritten wird.

Der „neue" Hartwig machte durch sein ganzes Auftreten deutlich, dass er diesen Raum beherrschte und bereit war, ihn mit Gewalt zu verteidigen.

Mein früher so sanftmütiger und verständnisvoller Freund schüttelte den Kopf und sagte: »Dieser Kerl und sein elender Köter ... so was macht mich krank. Ein Mann, der sich derartig aufgibt, wartet nur noch auf den Tod. Auch wenn er es nicht einmal sich selbst gegenüber zugeben wird.« Dann nahm er mein Erschrecken wahr und fügte noch einen Satz hinzu, der seine neue Haltung erläutern sollte. »Ich sage dir – das bedingungslose Wollen kann alles vollbringen!«

Das Übungsprogramm verlangte inzwischen von Hartwig, während der sportlichen Übungen eine besondere Mischung von Räucherwerk zu verbrennen. Angeblich sollten die Dämpfe das Bewusstsein erweitern und die umfangreichen Teile des Gehirns zugänglich machen, die wir Menschen sonst ungenutzt lassen; als ich ihn traf, hatte er gerade bei verschiedenen chinesischen und indischen Händlern nach den Zutaten gesucht.

Hans Liebenau war noch sehr rüstig, wenn man sein hohes Alter bedenkt. Seine Pfleger vertrauten mir damals an, dass sie schon Vorbereitungen für seinen hundertsten Geburtstag im Frühjahr 2001 trafen. Der alte Mann musterte mich aus wasserblauen Augen und forderte mich auf, ihm gegenüber Platz zu nehmen.

Einige der Bilder sagten ihm gar nichts. Andere erkannte er nach einigem Zögern. Beim Anblick des Wagens glättete ein Lächeln viele der Falten in seinem Gesicht. Und als ich ihm schließlich die Fotografie mit dem Ehepaar im Sonntagsstaat zeigte, da nickte er und sagte: »Natürlich erinnere ich mich an die Schellers. Das sind Rudolfs Eltern«.

Ich hatte meinen Mann. Rudolf Scheller hatte also die *Übungen zur Entwicklung des persönlichen Potentials* verfasst. Aber was für ein Mensch war dieser Rudolf Scheller gewesen?

Hans Liebenau versicherte mir, dass Rudolf Scheller – unabhängig davon was man ihm sonst nachsagen mochte – immer ein brillanter Kopf gewesen war. Hart, fordernd und rücksichtslos gegen sich und andere, aber ein brillanter Denker. Genau die Sorte Mitarbeiter, nach denen die SS suchte und die sie dann auch entsprechend förderte.

Ich will Sie nicht mit einer ausführlichen Beschreibung meiner folgenden Recherchen langweilen oder meine Korrespondenz mit verschiedenen Archiven schildern. Aber Herr Liebenau hatte nicht übertrieben. Rudolf Scheller hatte in Berlin und München Psychologie studiert, um schließlich in Göttingen zu promovieren; seine Dissertation hatte das Thema „Das Unbewusste im Verhältnis des Einzelnen zur Gruppe" und war dort 1931 mit summa cum laude bewertet worden.

Anschließend hatte er eine steile Karriere in der NSDAP gemacht; sein Weg führte ihn über den Werbefeldzug, der zum überwältigenden Erfolg bei den Reichstagswahlen 1932 führte, in den Organisationsstab der Reichsparteitage, danach zur Ausrichtung der Olympiade 1936 in Berlin und anschließend zur SS. Am Höhepunkt seiner Laufbahn war Standartenführer Scheller der Leiter der SS-Junkerschule in Braunschweig, nachdem er ein Jahr lang in der Hauptabteilung IV 1 für die weltanschauliche Ausbildung des Führungsnachwuchses an den Junkerschulen verantwortlich gezeichnet hatte. Vor dieser Aufgabe war Scheller auf eigenen Wunsch für ein Jahr der Zentralstelle des Ahnenerbes für Runenkunde in Göttingen zugeteilt worden.

Wie sehr viele andere hochrangige SS-Angehörige war Rudolf Scheller rechtzeitig zum Ende des Krieges untergetaucht. Allerdings stand in den Unterlagen des Berliner Dokumentationszentrums, dass Scheller im Juli 1945 von einer amerikanischen Streife in der Nähe von Fulda gestellt worden war; er versuchte, sich den Weg frei zu schießen, und wurde bei dem Schusswechsel tödlich getroffen. Laut dem Bericht der Streife hatte er keinerlei Reisegepäck bei sich. Es erscheint mir plausibel, dass Scheller irgendwo im Raum Fulda Zwischenstation gemacht und seinen Koffer dort nur kurz zurückgelassen hatte; als er dann nicht mehr zurückkehrte, um sein Gepäck abzuholen, hatte sein Gastgeber den Koffer auf den Speicher gebracht und vergessen.

Je weiter ich auf meiner Suche nach den Spuren Rudolf Schellers in die Welt des Nationalsozialismus, der SS und des Ahnenerbes eintauchte, umso fremdartiger und unbegreiflicher erschien mir die Welt dieser Männer. Zeitlich trennten mich gerade zwei Generationen von ihnen, aber trotzdem war ihre Welt in geistiger Hinsicht so verschieden von der meinen wie die der Maya mit ihren Blutritualen vor tausend Jahren oder das Ägypten der Pharaonen mit seinem Totenkult.

In dieser Welt wurde der Stellenwert eines Menschen, ja sogar seine Existenzberechtigung daran gemessen, welchen Nutzen er der Gemeinschaft erbringen konnte. Leben sollten die Sippe, das Volk und das Reich - das einzelne Individuum nur insofern, als es das Weiterleben dieser Kollektive garantierte.

Und schließlich wurde mir klar, dass alle meine Nachforschungen, selbst wenn ich einen lückenlosen Lebenslauf erstellen mochte, letztendlich doch nur Namen und Daten auf Papier blieben. Der Mensch Rudolf Scheller mit seinen Zielen und seiner Motivation war auf diese Weise nicht zu begreifen. Ich musste mit anderen Menschen sprechen, die ihn persönlich gekannt hatten. Dazu musste ich Kontakt mit ehemaligen SS-Angehörigen aufnehmen; und das ist die Art von Unternehmung, die man nicht einfach so in Angriff nimmt.

Vor allen Dingen aber musste ich mir selbst die Frage nach meinen Gründen stellen: Warum wollte ich so viel wie eben möglich über Rudolf Scheller herausfinden?

Über die Wahrheit bin ich mir bis heute nicht sicher. Ich habe oft gedacht, es ginge mir um das faustische Verlangen zu erkennen, „was die Welt im Innersten zusammenhält". Rudolf Scheller hatte auf seine Weise einen Blick hinter die Kulissen der Welt getan und Dinge herausgefunden darüber, wie wir Menschen denken und fühlen. Vielleicht hoffte ich, anhand der Spuren, die er hinterließ, ebenfalls eine Offenbarung zu erleben.

Zu meinem großen Unglück und zu Hartwigs Verderben hatte ich schließlich Erfolg damit.

Anfang Juli wandte ich mich an den „Bundesverband der ehemaligen Soldaten der Waffen-SS" und bat um Unterstützung bei meinem Bemühen, die Lehrtätigkeit und die Methoden von Standartenführer Scheller im Licht der heutigen Pädagogik zu bewerten und ihm eventuell die Anerkennung zukommen zu lassen, die er verdiente. Ich beschrieb mein Problem – ein kompletter Lebenslauf ist nur lebloses Geschichte und keine wirkliche Hilfe dabei, einen Menschen zu verstehen.

Außerdem versicherte ich, meine Studien so objektiv und unvoreingenommen wie nur möglich durchzuführen – ergebnisoffen nennt man das heute wohl – und auf Wunsch die Namen meiner Gesprächspartner zu ändern.

Zwei Wochen später erhielt ich einen Brief ohne Absender aus Tschechien. Das Schreiben war sehr kurz gehalten; in gestochen scharfer Handschrift stand da: *Der Kamerad hat sich einverstanden erklärt, mit Ihnen zu sprechen. Seien Sie am 16.8. um*

09.00 in Passau. Man wird Sie am Bahnhof abholen. Ihr Schweigen über die Umstände des Treffens ist selbstverständlich.

Ich hatte den Brief gerade zu Ende gelesen, als Hartwig mich anrief und mir mitteilte, er müsse für einige Zeit verreisen. Er kam vorbei, gab mir seinen zweiten Hausschlüssel und bat mich darum, mich um seine Post und die Blumen zu kümmern. Über das Reiseziel wollte er nicht mehr sagen als „nach Österreich".

Als ich Hartwig fragte, wann er voraussichtlich zurückkommen würde – da wären noch einige Termine, die ich selbst wahrnehmen müsste – da schnaufte er kurz, schüttelte den Kopf – eine Geste, die ich bisher noch nie bei ihm gesehen hatte und bei der ich unwillkürlich an ein Pferd denken musste – und sagte: »Das hängt davon ab, wie schnell ich ans Ziel komme. Wenn ich das schon wüsste, hätte ich's dir ja gesagt, oder?«

Am Nachmittag des 15. August fuhr ich nach Passau und übernachtete in einem billigen Hotel; anders hätte ich den Termin für das Treffen nicht einhalten können.

Ich habe damals mein Wort gegeben, keine Einzelheiten über die näheren Umstände meiner Unterhaltung weiterzugeben, und es wäre auch völlig zwecklos, denn sicher ist mein Gesprächspartner nur für diesen Tag an den Treffpunkt gebracht worden. Ich will nur so viel sagen: Nach einer kurzen Zeitspanne, in der mein Empfangskomitee sicherstellte, dass mir niemand gefolgt war, saß ich in einer Passauer Kirche im Beichtstuhl und hörte dem Mann zu, der in Braunschweig an der Junkerschule Rudolf Schellers Stellvertreter gewesen war - dem ehemaligen Sturmbannführer der SS Erich Dorffler.

Ich kann Ihnen nicht wirklich beschreiben, was für Empfindungen dieser alte Mann in mir hervorrief. Er saß tief in den Schatten des Beichtstuhls und nur ein Gitter aus Flechtwerk trennte mich von ihm. Herr Dorffler sprach mit der unheimlichen, krächzenden Lautsprecherstimme eines Kehlkopfoperierten.

Er fragte mich als erstes, warum ich so großes Interesse für seinen ehemaligen Vorgesetzten zeigte.

Meine Erklärung schien ihn allerdings zufrieden zu stellen, also schilderte ich ihm mein Dilemma: Wer war der Mann, dessen Lebenslauf ich zwar so gut kannte, aber dessen Wesen mir immer noch ein Rätsel war?

Da nickte er, lehnte sich zurück und sagte: »Die Gottheit ist wirksam im Lebendigen, aber nicht im Toten; sie ist im Werdenden und sich Verwandelnden, aber nicht im Gewordenen und Erstarrten. Goethe hat das gesagt, wissen Sie? Um Scheller zu verstehen, müssen Sie lernen, die Welt mit unseren Augen zu sehen, junger Mann. Also hören Sie mir nun gut zu.«

Die metallische Stimme aus seinem Lautsprecher beschrieb mir eine Sicht der Welt, aus der heraus die Ermordung von Millionen von Menschen angeordnet, gerechtfertigt und ausgeführt worden war. Die Welt von Erich Dorffler gehorchte in ihrer Konzeption den Gesetzen von Magie und Mythos, sie wandte sich ab von Logik und Vernunft und setzte Gefühl und Instinkt an ihre Stelle. Es war keine Welt für Individuen; der Einzelne war hier lediglich ein Element einer als unendlich vorgestellten Kette von Ahnen und Enkeln und Bestandteil der übergeordneten Volksgemeinschaft. „In der Sippe ewiger Kette bist Du nur ein Glied" - das war der Sinnspruch auf dem Geschenk, das jeder SS-Angehörige zur Geburt seines vierten Kindes erhielt.

Ein Mensch lebte weiter in der Erinnerung an seine Taten und in seinen Nachfahren. Gleichzeitig verflüchtigte sich die Verantwortung des Einzelnen für seine Taten; schließlich war er ja nur ein Instrument überpersönlicher Gestaltungskräfte, das dem „Willen der Geschichte" diente ... Innerhalb dieses Weltbildes war das individuelle Ich lediglich eine Fiktion, und erst die Überwindung dieser Fiktion befreite den Menschen davon, ein programmierter Roboter zu sein. Und woraus bestand diese Programmierung? Aus den Vorurteilen, Vorlieben und Abneigungen und aus den Gesetzen und Moralvorstellungen der Gesellschaft. Der Neue Mensch dieser Welt sollte sich von all diesen Einschränkungen freimachen, sein altes Selbst zerstören und dann neu erstehen wie der Phönix aus der Asche.

Danach beschrieb mir Herr Dorffler ausführlich, wie Scheller die gesamte Persönlichkeit eines Menschen – all das, was wir meinen, wenn wir vom „Ich" reden - reduzieren wollte auf die Verhaltensweisen, die uns anerzogen werden und die unsere Art zu denken beschreiben, und die Erinnerungen, die wir im Laufe unseres Lebens ansammeln.

Scheller sprach in diesem Zusammenhang von den beiden Raben Odins als Symbolen für die Bestandteile der Persönlichkeit: Hugin, der Gedanke, repräsentierte die Summe der „Regeln des Denkens", die ein Mensch aus seiner Umwelt aufnimmt - was ich vorhin die „Elemente der Programmierung" genannt habe. Munin, das Gedächtnis, stand für die Summe der Erinnerungen, von denen einige sehr viel stärker wirken als andere und quasi die Grundpfeiler des Ichs bilden: Kindheitserinnerungen, Eltern, enge Freunde, persönliche Triumphe und Niederlagen.

So etwas wie eine „unsterbliche Seele" hatte in Schellers Weltbild keinen Platz. Menschen wurden geboren, lebten, handelten und starben schließlich; mit dem Tod des Körpers erlosch das Individuum. Eine Art von Unsterblichkeit erlangte man nur durch Kinder, die für den Fortbestand des Volkes sorgten, und ihre Erinnerung an die Leistungen ihrer Vorväter für das Volk.

Schellers Tätigkeit hatte darin bestanden, die Individualität anderer Menschen zu zerstören. Er zerlegte das Ego in seine Bestandteile, um es dann nach den Vorgaben der SS neu zusammenzusetzen. Und er hatte es zu wahrer Meisterschaft darin gebracht, seine Ziele durch geschickte Verwendung von Mythen und Symbolen zu erreichen, die weniger das bewusste Denken manipulierten als vielmehr — je nach der verwendeten Terminologie - das Unterbewusstsein, das Unbewusste oder im Bezugsrahmen der nationalsozialistischen Weltanschauung das „Rassengedächtnis".

Oder sollte ich sagen: Er befreite seine Schüler aus der Zwangsjacke der bürgerlichen Erziehung und lehrte sie, die historischen Notwendigkeiten zu erkennen und ihnen freudig zu folgen, bereit, „den Tod zu geben und zu empfangen"? Denn nach seiner Sicht der Realität, so wie Herr Dorffler sie mir vermitteln wollte, tat Scheller nichts anderes.

An diesem Punkt rief ich mir in Erinnerung, dass Ähnliches bis auf den heutigen Tag in jeder Armee der Welt geschieht. Dabei ist das Ziel gar nicht unbedingt, die Persönlichkeit der Rekruten zu brechen, um sie danach neu aufzubauen: Die Aufgabe eines Ausbilders besteht nicht nur darin, seinen neuen Soldaten die erforderlichen militärischen Kenntnisse und Fertigkeiten zu vermitteln. Er bemüht sich auch immer darum, die Ecken und Kanten ihrer Persönlichkeit abzuschleifen, damit sie sich später möglichst reibungsfrei zu einem größeren und funktionsfähigen Ganzen zusammenfügen ... einer Panzerbesatzung, einem Infanteriezug, was eben gerade benötigt wird.

Standartenführer Rudolf Scheller war ein überzeugter Anhänger der Philosophie gewesen, dass die Volksgemeinschaft alles ist und der Einzelne nichts. Das galt jedenfalls bis zu dem Tag im Frühjahr 1944, als bei ihm Leberkrebs festgestellt wurde.

Sehr viele ranghohe SS-Führer waren damals schon zu der Einsicht gelangt, dass das Reich untergehen würde, und trafen ihre Vorbereitungen für das Untertauchen vor der Vergeltung der Sieger. Aber gegen den Krebs half keine neue Identität; Scheller musste sich der Aussicht stellen, dass die Tage seines Lebens gezählt waren. Herr Dorffler erinnerte sich noch lebhaft, wie sein Vorgesetzter sich für einige Wochen in ganz untypischer Weise gehen ließ. Dann aber hatte er sich wieder gefangen und härter gearbeitet als zuvor.

Herr Dorffler konnte diese neue Phase sogar mit einem besonderen Vorfall verknüpfen. Standartenführer Scheller suchte nach einem seltenen alten Buch mit dem Titel *Von unaussprechlichen Kulten,* das ein Mann namens Friedrich Wilhelm von Junzt 1839 in Düsseldorf veröffentlicht hatte und das sich mit einer Vielzahl obskurer heidnischer Kulte in der ganzen Welt beschäftigte. Allerdings konnte er nur von einem einzigen Exemplar einen zuverlässigen Nachweis erhalten, und das gehörte zum Bestand der Bibliothek des Ahnenerbes. Dort musste Scheller jedoch erfahren, dass ausgerechnet dieses Buch derzeit in Ungarn war, weil der Leiter einer archäologischen Expedition es angefordert hatte.

Ein eiliger Wechsel von Telegrammen folgte. Anschließend unternahm Scheller eine kurzfristig angesetzte Dienstreise nach Stregoicavar in Ungarn – Herr Dorffler erinnerte sich so gut an den Namen, weil er den erforderlichen Papierkram für seinen Vorgesetzten erledigt hatte – und kehrte mit Fotografien der für ihn interessanten Seiten zurück.

Seinem Stellvertreter erklärte er, dass nach von Junzts Berichten einige tibetische Lama-Splittersekten geheime Methoden zur schnellen und gründlichen Wissensvermittlung an die Eingeweihten verwendeten, deren Grundlagen in diesem Buch beschrieben wurden. Dazu gehörte zum Beispiel eine besondere Metrik, die den Vortrag eindringlicher gestaltete; in einem späteren Teil der Ausbildung sollten auch bestimmte Drogen zur Unterstützung eingesetzt werden, die jedoch infolge der Kriegslage nicht zu bekommen waren. Scheller hatte vor, diese Verfahren an die Erfordernisse der Neuzeit anzupassen und bei der Ausbildung an der Junkerschule zu optimieren; das sollte die Krönung und der Abschluss seines Wirkens für Führer und Reich werden.

In den letzten Monaten des Kriegsjahres 1944 schien er geradezu besessen davon zu sein, sein Lebenswerk für die Nachwelt zu erhalten; Herr Dorffler erwähnte drei dicke Tagebücher, die Scheller bis zum Jahresende fertig stellte und dann seinem Burschen „aus der Ostmark" zur Aufbewahrung anvertraute. Allerdings, so behauptete er, würden mir diese drei Bücher nicht weiterhelfen. Um ihren Inhalt wirklich zu verstehen, müsse ich ihn in Schellers Kontext lesen - und dazu sei niemand imstande, der wie ich in diesem Zeitalter des Rationalen und des Materialismus aufgewachsen war.

Dann lachte Herr Dorffler, und das war wirklich ein gespenstisches Geräusch.

»Mir scheint, dass Scheller sich in diesem einen Fall verrechnet hat. Das bedingungslose Wollen kann eben doch nicht alles vollbringen ...«

Bei seinen Worten lief es mir kalt den Rücken hinunter. Der alte Mann bestätigte mir, dass dieser Satz – „Das bedingungslose Wollen kann alles vollbringen!" – wie ein Leitmotiv über Rudolf Schellers Leben stand.

Herr Dorffler versicherte auch, dass Standartenführer Scheller tiefe Verachtung für Menschen empfunden hatte, die vor den Herausforderungen des Schicksals kapitulierten. Im Herbst 1943 hatte Scheller eine disziplinarische Unterredung unter vier Augen mit einem Junker der Schule in Braunschweig, der mit dem Lehrplan nicht zurechtkam; der alte Mann wusste nicht, was Scheller diesem Anwärter gesagt hatte, aber der Delinquent verließ Schellers Dienstzimmer so bleich wie ein Toter und erschoss sich noch am selben Abend.

Ich fragte nach weiteren charakteristischen Eigenheiten Schellers, an die sein Untergebener sich erinnern konnte, und tatsächlich gab es welche: Herr Dorffler erinnerte sich, wie Scheller mit einem verächtlichen Schnauben ruckartig den Kopf zurückzuwerfen pflegte, bevor er ein undurchdachtes Argument in der Luft zerpflückte.

Und Scheller hatte im Gegensatz zu vielen Würdenträgern des Dritten Reiches für Hunde überhaupt nichts übrig gehabt.

Langsam wurde mir klar, was es mit dem Manuskript auf sich hatte. Die *Übungen zur Entwicklung des persönlichen Potentials* waren anscheinend der Rohentwurf für Schellers neues Ausbildungsprogramm, den er zum Kriegsende mit einem unverfänglichen Titel tarnen wollte.

Und mein Freund Hartwig war seit Monaten dabei, sich diesen Übungen zu unterziehen, an deren Ende mit großer

Wahrscheinlichkeit Rudolf Schellers Vorstellung eines idealen SS-Führers stand.

Auf der Heimfahrt hatte ich viel Zeit zum Grübeln. Erich Dorfflers Weltanschauung hatte mich erschüttert, aber – war die Welt, in der ich zu leben gewohnt war, tatsächlich so anders? Angeblich war die herausragendste Tugend des „völkischen Menschen" und insbesondere des Ariers die Bereitschaft, das eigene Wohl, selbst die eigene Selbsterhaltung zurückzustellen zugunsten des größeren Ganzen.

Ist es nicht gerade das, was Politiker und Wirtschaftsführer von ihren Mitmenschen fordern, solange ich mich erinnere? Da heißt es „den Gürtel enger schnallen", „Schluss mit dem Anspruchsdenken" und in der reinsten Form bei John F. Kennedy: *Frage nicht, was dein Land für dich tun kann; frage, was du für dein Land tun kannst!*

Das gilt jedoch immer nur für die breite Masse derer, die zu folgen gewohnt sind. Die meisten Menschen werden geboren, leben mit dem Strom vor sich hin und sterben irgendwann, und ihre Kinder folgen ihnen, so wie sie es gelernt haben - auf dem Weg in die Vergessenheit. Nur sehr wenigen echten Individuen ist es möglich, sich aus dem Sog dieser Menge herauszulösen und ein Leben nach eigenen Maßstäben zu führen. Die Namen dieser Menschen leben innerhalb ihres Kulturkreises weiter - im Guten wie im Bösen ...

Aber die Zeit löscht selbst die tiefsten Eindrücke unbarmherzig aus. „Unsterblichkeit" ist nur ein Wort – zwar mögen Philosophen, Künstler und Religionsstifter, Helden und Herrscher eine Zeit lang in Erinnerung und Mythos weiterleben, wenn ihre Welt schon längst verschwinden ist, aber unser Planet ist bedeckt mit Ruinenstätten von Kulturen, die uns nicht einmal einen Namen hinterlassen haben. Manchmal ist gerade noch eine Legende übrig, die von verlorenem Glanz spricht - Atlantis, Thule und Hyperborea sind solche Echos, die eine Zeit lang nachklingen.

Zurück zu Rudolf Scheller. Er hatte sich gegen dieses unausweichliche Vergessen aufgelehnt und danach gestrebt, in seinem Werk weiterzuleben. Letzten Endes hatte ihn nur der Krebs daran gehindert, seinen Namen tiefer und deutlicher in die Geschichte einzugravieren.

Noch etwas anderes beunruhigte mich auf der Fahrt durch die Nacht. Erich Dorffler hatte mir einige markante Gewohnheiten Rudolf Schellers beschrieben - Gewohnheiten, die sich im Laufe der *Übungen* in ähnlicher Form auch bei meinem Freund Hartwig manifestiert hatten. War es möglich, dass Scheller unbewusst mehr von sich selbst in das Übungsprogramm eingebracht hatte als seine Weltanschauung und Überzeugung?

Als ob die allein nicht schon schlimm genug gewesen wären!

Als ich am nächsten Morgen zu Hause ankam, zeigte mein Anrufbeantworter zwei neue Nachrichten an. In der ersten Nachricht vom Freitagnachmittag erzählte mir Hartwig, dass er die letzte Woche am Hallstätter See in Oberösterreich verbracht hatte. Die letzten Abschnitte der *Übungen* bezogen sich mehrfach auf ein paar eng beschriebene Notizbücher, und dort war es ihm schließlich gelungen, sie zu erhalten.

Die größte Hürde bestand nach Hartwigs Worten darin, dass der ursprünglich angegebene „Bewahrer" nicht mehr lebte; so war es zuerst ein Problem gewesen, das Vertrauen seines Sohnes zu gewinnen, der sie seither aufbewahrt hatte.

Aber nachdem Hartwig sich mit ein paar Zitaten als Berechtigter ausgewiesen hatte, war der alte Mann unvermittelt sehr hilfsbereit geworden ... gerade so, als wäre er froh, sich endlich von der Verpflichtung seines Vaters befreien zu können. Er wusste selbst nicht genau, wie lange sein Vater die Unterlagen schon für diesen Tag aufbewahrt hatte: Den Tag, an dem ein ernsthafter Student der *Übungen* erscheinen würde, um sie einzufordern.

Jemand wie Hartwig.

Zum Zeitpunkt des Anrufs war Hartwig noch nicht über die ersten Seiten des ersten Notizbuchs hinausgekommen. Trotzdem war er sich jetzt schon sicher, dass er vor einer umwälzenden Entdeckung stand; einer Entdeckung, die sein Leben vollkommen verändern und einen neuen Menschen aus ihm machen würde.

Meine schlimmsten Befürchtungen sollten sich offenbar bewahrheiten; im Gegensatz zu Hartwig wusste ich ja recht gut, was für einen „neuen Menschen" Rudolf Scheller mit seinem Programm erschaffen wollte. Entgegen aller Vernunft hoffte ich, die Grundlagen der Persönlichkeit meines Freundes noch retten zu können. Aber es musste schnell gehen.

Bevor ich losfuhr, rief ich schnell noch die zweite Nachricht ab. Sie stammte ebenfalls von Hartwig, allerdings aus der Nacht von Samstag auf Sonntag, und ich erkannte seine Stimme kaum wieder. Hartwig stammelte, er befände sich in einem traumähnlichen Zustand. Sein ganzes Leben erschien ihm plötzlich unwirklich ... das einzig Reale war Hier und Jetzt, und in seinem Gedächtnis taten sich seltsame Lücken auf.

Er konnte sich nicht mehr deutlich an seinen Vater oder seine Mutter erinnern, ihre Namen und Gesichter; an ihrer

Stelle erschienen ihm immer wieder die zwei Menschen auf der Schwarzweiß-Fotografie, also die Eltern Rudolf Schellers. Hartwig beschrieb den unheimlichen Zwang, unter dem er stand und der ihn nötigte, die Notizbücher zu Ende zu lesen. Es kostete ihn alle seine Willenskraft, wenigstens für die Dauer dieses Anrufs mit dem Lesen aufzuhören. Er fand keine Worte, um zu beschreiben, was gerade mit ihm geschah – und vielleicht gibt es in unserer Sprache, in unserem gesamten Denken kein Konzept dafür. Das Manuskript hatte ihm wesensfremde Verhaltensmuster einprogrammiert; eine neue Art zu denken: Jetzt erfolgte ein Austausch von Hartwigs Erinnerungen gegen das, was in den Tagebüchern niedergeschrieben worden war. Hartwigs Erinnerungen, sein Leben – sein Ich! – verblassten, wurden Schritt für Schritt, Wort für Wort ausgelöscht und ersetzt durch das, was ein todkranker Mann vor mehr als sechzig Jahren niedergeschrieben hatte.

Am Ende dieses Prozesses würde von Hartwig Ehrlicher nur noch eine Erinnerung in den Köpfen seiner Freunde und Bekannten bleiben. Und wer oder was sollte in seinem Körper an seine Stelle treten?

Ein Vergleich aus der Welt der Computer schoss mir durch den Kopf: Die *Übungen* waren ein Installationsprogramm, geschrieben, um ein menschliches Gehirn in den notwendigen aufnahmebereiten Zustand zu versetzen, in dem dann der Inhalt dieser verfluchten Bücher – die Lebenserinnerungen eines Toten! – alles, was vorher war, überschreiben konnte.

Nach der Philosophie Schellers, so wie sein ehemaliger Assistent sie mir beschrieben hatte, war damit das Ziel der Wiedergeburt so gut wie erreicht.

Aber alles das, was meinen Freund Hartwig ausgemacht hatte, wäre dafür ausgelöscht worden. Oder würde ausgelöscht werden, wenn ich ihn nicht sofort mit Gewalt von diesen entsetzlichen Büchern wegreißen konnte!

Ich stand im zweiten Stock vor Hartwigs Wohnungstür und klingelte, aber vergebens. Während ich in meinen Jackentaschen nach dem Zweitschlüssel, suchte den er mir dagelassen hatte, hörte ich jemanden die Treppe hoch kommen., und dann fragte Hartwig Ehrlichers Stimme: »Wollen Sie zu mir?«

Hartwig Ehrlicher, mit dem ich seit Jahren befreundet war, stand hinter mir – und erkannte mich nicht.

Ich kann Ihnen das Entsetzen kaum beschreiben, das mich in diesem Moment überfiel. Das war ohne jeden Zweifel Hartwigs Körper, auch die Kleidungsstücke kannte ich genau, und die ganze Körperhaltung sagte mir: „Das ist Hartwig – oder jedenfalls der neue Hartwig."

Aber in seinen Augen fand ich nicht die geringste Spur von Hartwigs freundlichem und einnehmendem Wesen wieder. Sein letzter Anruf hätte mich besser darauf vorbereiten sollen, aber ich hatte es einfach nicht für möglich gehalten; von etwas Unglaublichem zu lesen ist eines, aber es mit eigenen Augen zu sehen etwas ganz anderes.

Doch hier, von Angesicht zu Angesicht, wurde mir klar, dass jemand oder etwas vollkommen Fremdes den Körper meines Freundes beherrschte. Den Körper, der jetzt seinen Kopf etwas schräg hielt und mich anschaute, um dann die Frage zu wiederholen: »Wollen Sie zu mir?«

Zuerst war ich sprachlos. Dann wurde mir blitzartig klar, dass mein Leben von meiner Reaktion abhängen konnte. Wenn das alles stimmte – wenn der Körper vor mir tatsächlich von einer Rekonstruktion der Persönlichkeit Rudolf Schellers beherrscht wurde und wenn ich mir anmerken ließ, dass ich einen Verdacht hatte – dann würde er mich ohne zu zögern umbringen, um sein Geheimnis zu wahren.

Also breitete ich die Arme aus und sagte: »Hartwig, mein Alter! Ich bin's doch nur, Manfred. Sag jetzt nicht, dass der neue Haarschnitt mich derartig verändert hat!«

Einen Augenblick lang musterten mich diese fremden, vertrauten Augen von oben bis unten.

Dann antwortete mir das Ding mit Hartwigs Stimme: »So eine Überraschung, Manfred. Ich habe dich doch tatsächlich nicht wiedererkannt. Nimm es mir nicht übel, wenn ich das so sage – aber dieser neue Schnitt steht dir wirklich nicht sehr gut.« Nach einer kurzen Pause fuhr er fort: »Du musst wissen - ich war in der vergangenen Woche sehr beschäftigt. Und in den letzten Tagen wahrscheinlich auch ziemlich überspannt ...«

Ich erinnerte mich daran, dass Hartwig zu Beginn der *Übungen* eine schriftliche Inventur seines bisherigen Lebens anlegen musste. Der wirkliche Sinn wurde mir jetzt klar: diese Inventur war eine Gebrauchsanweisung für Scheller, um in den ersten Tagen seiner Eingewöhnung in einem neuen Körper und in einer neuen Zeit nicht zu sehr aufzufallen.

Meine Unterhaltung mit dem Ding in Hartwigs Körper war wie ein Schachspiel mit Worten. Ich versuchte, unauffällig Beweise zu finden dafür, dass die Persönlichkeit meines Freundes durch eine Rekonstruktion von Rudolf Scheller ersetzt worden war; mein Gegenüber bemühte sich, das Ausmaß meiner Nachforschungen zu erkennen und festzustellen, ob ich den wahren Sachverhalt erahnte.

Schließlich war ich mir sicher. Es gab einige Erlebnisse aus Hartwigs Vergangenheit, über die der jetzige Besitzer seines Körpers absolut nichts wusste.

Zum Beispiel die kurze Episode mit dem Vollbart, den Hartwig sich aus Neugier für ganze zwei Wochen stehen lassen hatte; als er dann feststellte, dass der Bart ihm absolut nicht stand, rasierte er sich und verlor nie wieder ein Wort darüber. Ich stellte dem Anderen eine Falle, indem ich aus diesen zwei Wochen drei Monate machte und eine Wette als Anlass dieses Bartes nannte.

Und er lachte, nickte und sagte: »Ja, ja ... ich war jung und dumm ...«

Aber als sich in mir diese kalte Gewissheit einstellte und jeden Zweifel an der unfassbaren Geschichte aus Hartwigs letzter Mail auslöschte, da musste etwas davon mein Gesicht erreicht und mich irgendwie verraten haben.

Für einen Moment blitzte es in den Augen auf, die einmal Hartwig gehört hatten, und dann sagte Hartwigs Stimme: »Weißt du, alter Freund: Es gibt da ein paar Dinge, über die ich gerne mit dir reden würde. Darüber, was du bisher so aus deinem Leben gemacht hast, zum Beispiel.«

Irgendwo habe ich einmal gelesen, dass Freunde die Menschen sind, denen man ohne Furcht seine Schwächen zeigen kann. Es gibt Wahrheiten über mein Leben, denen ich mich nur mit großen Schwierigkeiten stellen kann – gestorbene Hoffnungen und zerbrochene Träume, deren Scherben tief schneiden, und ich denke, dass es Ihnen vielleicht in manchen Dingen ähnlich geht. Mein Freund Hartwig hatte mich gut gekannt, und jetzt hatte dieser schreckliche Wiedergänger einen Teil von Hartwigs Wissen zu seiner freien Verfügung.

Scheller hatte sich früher sehr gut darauf verstanden, den Schwachpunkt eines Menschen zu finden und seinen Hebel anzusetzen; ich erinnerte mich an Erich Dorfflers Geschichte von dem SS-Junker, und mir wurde klar, dass es jetzt um mein Leben ging.

Ich werde nicht für Sie wiederholen, was Hartwigs Stimme mir in diesen Minuten über mich und mein Leben sagte. Nur so viel: Er hatte in manchen Punkten Recht, aber ich glaube immer noch, dass es für mich nicht zu spät ist. Denn darauf wollte er hinaus. Mein Leben sei ohne Sinn und Ziel, eine einzige Abfolge vergebener Chancen, und wenn ich nie gelebt hätte, würde kein Mensch den Unterschied feststellen können. Ich war nutzlos; für meine Mitmenschen entweder ein schaler Witz oder eine Belastung, und ein steter Quell der Trauer für meine Erzeuger, die sich jeden Tag fragen mussten, was sie falsch gemacht hatten. Nach seinen Worten war es höchste Zeit, wenigstens einen sauberen Schlussstrich zu ziehen, und das besser heute als morgen.

Was danach genau geschah, verschwimmt in meiner Erinnerung. Ich muss wohl versucht haben, seiner Stimme zu entkommen, denn als nächstes erinnere ich mich an die kleine Küche, die Besteckschublade, das große Brotmesser und die unbarmherzige Stimme hinter mir, die ihr Gift in meinen Verstand träufelte.

Für einen Augenblick stand ich vor der Wahl zwischen Leben und Tod; dann drehte ich mich um und stach zu. Wieder und wieder und wieder, um diese Stimme endlich zum Schweigen zu bringen! Und wahrscheinlich habe ich dabei geschrien. Ich erinnere mich nicht mehr, aber jedenfalls riefen Hartwigs Nachbarn die Polizei an.

Elf Stiche in Brust und Bauch. So steht es in der Akte, und dann wird es wohl auch stimmen. Ich habe sie nicht gezählt. Ich weiß nur, dass endlich wieder Ruhe herrschte; nur ein leises Gurgeln drang noch aus dem Mund dieser Abscheulichkeit. Wider besseren Wissens beugte ich mich zu ihr herunter; mag sein, dass ich mir von Hartwig Ehrlicher Vergebung erhoffte, jetzt, da ich Rudolf Schellers Rückkehr ins Leben ein Ende gesetzt hatte.

Hartwigs Mund verzog sich zu einem blutigen Grinsen, und durch roten Schaum hörte ich die Fragmente von Sätzen: »... unbedingter Wille ... alles erreichen ... nicht tot was ... ewig liegen kann ...«

Da wurde mir klar, dass meine Arbeit noch nicht ganz getan war.

Deswegen haben die Polizeibeamten mich auch noch in Hartwigs Wohnung erwischt. Ich wollte das Manuskript und die Tagebücher vernichten, aber ich konnte sie einfach nicht finden.

Alles, was ich fand, war ein Schlüssel, der zu irgendeinem unter tausend Bankschließfächern passen mag. Irgendwo da draußen lauert das Vermächtnis von Rudolf Scheller auf ein neues Opfer.

Sie halten niemals an

Im Jahr 2010 startete das österreichische Magazin Evolver einen Kurzgeschichtenwettbewerb, der einen neuen Blick auf Zombies werfen sollte. Wie ich später erfuhr, gefiel mein Beitrag der Hälfte der Jury recht gut, der anderen Hälfte jedoch leider gar nicht - und so kam unterm Strich eben doch nur eine Position im preisunverdächtigen Mittelfeld heraus.

Kräftige Hände schoben die Seitentür nach hinten, bevor der Mannschaftswagen ganz zum Stehen gekommen war. Polizeiobermeister Wolfgang Brandner sprang heraus und hob die schwere automatische Sturmschrotflinte an die Schulter, dann schwenkte er wie ein Kameramann beim Fernsehen langsam von einer Straßenseite zur anderen.

Eine völlig überflüssige Showeinlage, aber eben verdammt beeindruckend. »Damit demonstriere ich, dass wir alles im Griff haben – und für dieses Gefühl von Sicherheit werden wir doch bezahlt, oder nicht?«, konterte Wolfgang gerne nach Dienst, wenn ihm jemand diese Show vorwerfen wollte.

Polizeimeister Sebastian Illgen war der zweite Mann des Teams. Er trug den großen, robusten Schutzschild und ein paar Trommelmagazine für Brandners Flinte.

Im Wagen fragte Inspektor Bergmann bei der Einsatzleitung nach, ob die Abriegelung jetzt vollständig war. Immerhin hatten sie die Acht-Minuten-Regelmarke eingehalten – innerhalb von acht Minuten kamen die schlurfenden Toten in gerader Linie maximal 500 Meter weit. Allerdings war die Oststadt schwieriges Gelände: enge Straßen zwischen fünfstöckigen Wohnkasernen für die Industriearbeiter des beginnenden 20. Jahrhunderts mit engen steilen Treppenstiegen, Mansardenwohnungen und Hinterhäusern. Die Straße lag trotz vereinzelter geparkter Autos wie leer gefegt vor den Polizisten, und auch wenn die Sonne erst in ein paar Stunden untergehen würde, waren die Schatten schon lang und dunkel. Die Nachmittags-Stromsperre war abgelaufen, und aus verschiedenen Richtungen dudelte Musik.

Plötzlich schwankte eine Gestalt mit rudernden Armen aus dem dunklen Rachen einer Hauseinfahrt heraus auf die Beamten zu. Wolfgang hielt die Waffe tiefer und presste den Druckschalter neben der Sicherung, und ein roter Lichtpunkt sprang auf die Stirn des vermutlichen Wiedergängers. Wenn das massive Flintenlaufgeschoß hier einschlug, würde vom Kopf nichts oberhalb des Unterkiefers übrig bleiben.

Sebastian holte tief Luft, dann brüllte er: »Runter! Auf die Knie und die Hände über den Kopf, oder wir schießen!«

Das Ziel hielt an, als sei es gegen eine Wand geprallt. Dann ging es langsam in die Knie und hob beide Arme über den Kopf wie verlangt. Sebastian atmete tief durch, dann näherte er sich der Gestalt von der Seite, um Wolfgangs Schussfeld nicht zu blockieren. Ein Straßenbettler oder ein Obdachloser. Jemand hatte ihm mit Paketklebeband den Mund verschlossen. Frische Blutergüsse im Gesicht und starkes Nasenbluten – der Mann musste um jeden Atemzug kämpfen. Sebastian gab seinem Partner ein Handzeichen, und der rote Laserzielpunkt erlosch. Dann riss er den Klebestreifen vom Mund des Opfers ab.

Der Kniende schrie auf vor Schmerz, dann krümmte er sich zusammen und begann zu jammern. »Schweine!«

Da, wo er hergekommen war, konnten die beiden Polizisten kurz vier helle Flecken von Gesichtern erkennen. Höhnisches Lachen und ein unverständlicher Ruf, dann waren sie im Hauseingang verschwunden.

Wolfgang spuckte auf die Straße und sagte: »Blinder Alarm. Saukerle. Bestellt mal 'nen Krankenwagen.«

Im Wagen warnte Inspektor Bergmann über Funk die anderen Einheiten, dass man ihnen möglicherweise lebende Menschen vor die Flinten treiben würde, um platzende Köpfe mit dem Handy zu filmen. Dann steckte er den Kopf aus dem Wagenfenster und rief: »Die Einsatzleitung sagt, der erste Anruf kam von einer alten Frau am Jakobikirchhof. Also noch keine Entwarnung!«

Dann hörten sie den lauten Knall einer Sturmflinte – einmal, zweimal. Wolfgang und Sebastian liefen los, um ihre Kollegen zu unterstützen.

Drei Blocks weiter stießen sie auf das laufende Gefecht. Etwa ein Dutzend schweigende Gestalten drängten sich vor einem Hauseingang zusammen beim Versuch, durch die Tür ins Haus einzudringen. Die Tür selbst hätte ihnen nicht lange standgehalten, aber der quer gestellte, robuste Plastikschild eines Polizisten blockierte den Zugang in Brusthöhe und bot den beiden Beamten Deckung. Wären die Untoten zurückgewichen anstatt dagegen zu drücken, wäre der Schild einfach zu Boden gefallen – aber das lag nicht in ihrer Natur, und so hielten sie das Hindernis selbst in Position wie jemand, der eine Tür aufdrücken will, auf der „Ziehen" steht. Einmal mehr staunte Sebastian über diese Mischung aus Unermüdlichkeit und absolutem Fehlen von Intelligenz.

BANG! Ein toter Kopf flog auseinander, und der Körper fiel einfach um. Von links war ein zweites Team dazu gestoßen und hatte das Feuer eröffnet. Auch Wolfgang suchte sich jetzt ein Ziel aus. BANG!

Sebastian sah sich um. Auf der Straße waren keine weiteren Verdächtigen zu sehen, doch zwei Häuser weiter rechts hing ein Mann kopfüber aus einem Fenster im ersten Stock und rief mit schwacher Stimme nach Hilfe. Der Polizist stieß seinen Partner an und zeigte die Richtung, dann rannten sie los. Der Hauseingang war verschlossen, aber direkt daneben stand die Tür zu einem Telefonladen auf. Wolfgang und Sebastian sahen die Spuren einer panischen Flucht und gelangten durch eine Seitentür hinter einem weggezogenen Vorhang ins Treppenhaus des Gebäudes. Dort lag der Körper einer jungen Frau mit zerfleischtem Hals und angefressener Hüfte in einer Blutlache. Rote Fußspuren führten die Treppe hinauf, und weiter oben begrüßte ein Schild neben einer halb offen stehenden Tür die Kunden von „Gezim's Body Studio".

Wolfgang warf einen Blick auf die Spuren und hob zwei Finger, dann zielte er auf den Kopf der Toten. Sebastian schüttelte den Kopf und kniete neben der noch warmen Leiche nieder und schloss ihr die Augen, dann zog er sein Messer und atmete tief durch. An diesen Teil gewöhnte man sich einfach nicht ...

»Es ist keine Störung der Totenruhe, wenn Sie verhindern, dass die Leiche wieder aufsteht und ihren Fluch weiter verbreitet!« hatte der Ausbilder ihnen eingeschärft. »Den Kopf wegzuschießen ist nur eine zulässige Methode, wenn Menschenleben auf dem Spiel stehen. Seit die Toten wiederkommen, ist jeder Notarzt gesetzlich verpflichtet, nach Feststellen des Todes den Kopf vom Rumpf zu trennen. Und Doktor Sperling wird Ihnen jetzt zeigen, wie man das professionell macht!«

Genau die Lücke zwischen zwei Nackenwirbeln zu treffen war der schwierige Teil, und Sebastian war inzwischen gut darin. Er legte den sauber abgetrennten Kopf auf den Brustkorb der Leiche, dann stiegen die beiden Polizisten die Treppe hinauf und betraten das „Body Studio".

Wolfgang orientierte sich im langen Flur, dann huschte er an der Wand entlang zur ersten Tür und zielte in einen Raum, der sich als übersichtliche, leere Garderobe mit Metallspinden und einer Balkontür entpuppte. Der nächste Raum lag auf der anderen Seite des Flurs, also drehte er sich um und schob sich mit dem Rücken an der Wand entlang. Vor der Türöffnung erstarrte er, und seine Augen weiteten sich. Sebastian folgte und brachte den Schild in Position, um die Öffnung zu blockieren, dann warf er ebenfalls einen Blick in den großen Raum mit den Sportgeräten.

Sebastian sah einen Mann, der aus dem Fenster zur Straße hatte klettern wollen und dessen weite Trainingshose sich dabei am Heizungsthermostaten verhakt hatte. Er hing jetzt völlig hilflos kopfüber an der Außenwand. Vor dem Fenster standen zwei Laufbänder, und auf einem davon schlurfte ein Toter unermüdlich auf den Hängenden zu, ohne ihm dabei einen einzigen Schritt näher zu kommen. Und er würde so weiter schlurfen, bis das Gerät ausfiel ... oder bis der Mann abstürzte.

Wolfgang schüttelte ungläubig den Kopf, dann hob er die Flinte. BANG! Ein kopfloser Körper fiel auf die Knie und wurde vom Laufband nach hinten getragen.

Sebastian ging ans Fenster und streckte dem hängenden Mann eine Hand entgegen, um ihm wieder hinein zu helfen. Da krachten vier Schüsse aus dem Flur. Wolfgang fluchte und fuhr auf dem Absatz herum; sie hatten doch tatsächlich für einen Moment den zweiten Zombie vergessen! Jetzt kam er ihnen vom Flur her entgegen, die Arme verlangend nach Wolfgang ausgestreckt. Der ließ sich einfach rückwärts fallen und feuerte. Das erste Geschoss traf die hungrige Leiche in den Brustkorb und schleuderte sie in den Korridor zurück, das zweite sprengte ihr den Kopf auseinander.

»Gebiet befriedet,« knurrte Wolfgang Brandner.

»Lieber ganz sicher gehen,« konterte Sebastian. »Und irgendwer hat ja auch geschossen hier.«

Am Ende des Flurs öffnete sich nach rechts ein langer, gemütlich eingerichteter Raum mit einem Kühlschrank, einem Flachbildfernseher und einer Wandtafel, auf der seltsame Kürzel und Zahlen standen. An der gegenüber liegenden Wand gab es eine weitere Tür mit vier kleinen Löchern. Sebastian sah sich um – der Fernseher hatte ein Loch in der Bildfläche. Anscheinend war jemand vor dem Schlurfer in den Nachbarraum geflohen, um dann durch die geschlossene Tür vier Schüsse in die ungefähre Richtung abzugeben. Hätten sie sich nicht im Trainingsraum aufgehalten ...

»Hier ist die Polizei. Die Lage ist unter Kontrolle. Sie können jetzt herauskommen.« erklärte Wolfgang. »Und dann würden wir auch gerne Ihren Waffenschein sehen.«

»Wieso?« erwiderte eine Stimme hinter der Tür. »Hier gibt's keine Waffe. Und Sie dürften auch gar nicht hier sein. Das ist Hausfriedensbruch! Ich rufe meinen Anwalt, und dann haben Sie nichts zu lachen! Sehen Sie zu, dass Sie 'rauskommen!«

Wolfgang schüttelte den Kopf und ließ Sebastian zu Wort kommen.

»Also: erst mal haben wir das Recht, diese Räume im Einsatz zu betreten. Außerdem war die Tür bereits offen. Wir haben vier Schüsse gehört, und in dieser Tür sind vier Löcher.

Da muss man schon nach der Waffe suchen, die sie gemacht hat.«

»Die Löcher waren schon da, als ich eingezogen bin. Wollen Sie mich einen Lügner nennen?«

»Öffnen Sie jetzt bitte diese Tür; dann werden wir Ihre Personalien feststellen, und dann sehen wir weiter.«

»Ich denk' ja gar nicht daran. Schert euch weg, oder ich verklag' euch!«

Die beiden Polizisten zogen sich auf den Flur zurück und besprachen sich leise.

»Wahrscheinlich illegaler Besitz einer Schusswaffe. Möglicherweise illegale Sportwetten, und eventuell noch ein paar Steroide.« Wolfgang zuckte mit den Schultern. »Lass uns die Kriminalen holen, die klären das dann.«

»Warte mal ... da draußen vorm Fenster ist ein Balkon, und durch die Umkleide kann man darauf. Wäre doch arg peinlich, wenn der Vogel uns jetzt auskommen würde. Ich rufe die Kollegen, und du schiebst Wache?«

Und so traf der Betreiber von „Gezim's Body Studio", als er mit einem Müllbeutel voller verbotener Muskelaufbaupräparate in der Hand und einer verchromten Pistole im Gürtelbund aus seinem Büro auf den Balkon trat und das belastende Material in den Hinterhof fallen lassen wollte, auf einen Beamten des Einsatzkommandos mit einer riesigen Sturmschrotflinte, der ihn grinsend aufforderte, bitte genau so stehen zu bleiben.

Zapfenstreich in der Polizeikaserne. Der Sprecher der Fernsehnachrichten gab noch eine kurze Wettervorschau, dann erschien das Bild der wehenden Flagge, unterlegt mit der Nationalhymne. Sebastian Illgen konnte sich noch daran erinnern, wie früher die ganze Nacht hindurch zahllose Fernsehprogramme ausgestrahlt wurden. Damit war es auch vorbei seit dem Schwarzen Sommer. Heute musste man Energie sparen, wo es nur ging; deswegen wurde in den Resten Europas mit einem Eifer an alternativen Energiequellen geforscht, der früher als weltfremder Fanatismus verlacht worden wäre.

Und dann erhoben sich eines Tages die neu Gestorbenen und fielen über die Lebenden her.

In dieser Nacht erwachte Sebastian aus einem Alptraum mit einer Idee, wegen der er zur Sprechstunde seiner Vorgesetzten ging.

Die erste Reaktion seines Zugführers Kommissar Bergmann war ein ungläubiges »Das ist doch verrückt!«

Der Führer seiner Hundertschaft Hauptkommissar Lerch war dagegen mit *Das klingt ja verrückt!* schon beinahe überzeugt.

»Sicher ist es machbar, die Untoten bewegungsunfähig zu machen anstatt ihnen einfach den Kopf wegzuschießen oder abzuschneiden, Illgen. Es hat nur bisher keiner gemacht, weil wir mit solchen … „Gefangenen" ja nichts anfangen könnten.«

»Da sehe ich noch viel Forschungsbedarf, Chef. Wenn ich alles auf einen Bierdeckel schreibe, was wir über die Schlurfer und ihren Zustand wissen, bleibt immer noch reichlich Platz für die Rechnung!« konterte der junge Beamte. »Welche Kraft treibt sie an? Verbrauchen sie ihre eigene Substanz, wenn sie sich bewegen? Was suchen sie bei den Lebenden, wenn sie über sie herfallen? Wie orientieren sie sich? Greifen sie Tiere gar nicht an, oder wissen wir nur nichts davon?« Illgen wagte ein schwaches Lächeln.»Und so lange, bis sich da Ergebnisse einstellen, könnte man doch...«

Lerch stimmte zu.»Ich werde Ihren Vorschlag im Ministerium vorlegen, Illgen. Ich werde ihn sogar befürworten. Aber da kommt immer noch eine Menge Überzeugungsarbeit auf Sie zu. Und ich denke, es wäre besser für den Seelenfrieden der Bürger, wenn man bei den Details ein wenig Zurückhaltung übte ...«

Zwei Wochen danach änderte das Einsatzkommando seine Vorgehensweise. Natürlich interessierten sich die Zeitungs- und Fernsehjournalisten dafür, warum die schlurfenden Toten jetzt mit Bauschaum immobilisiert und auf Lastwagen weggeschafft wurden, wenn keine unmittelbare Lebensgefahr für andere Menschen bestand.

»Wir tun das, um Studienobjekte für ein Forschungsprogramm zu erhalten«, erklärte der neue Pressesprecher, Inspektor (zbV) Sebastian Illgen.»Wenn wir diesen Zustand besser durchschauen, gelingt es uns möglicherweise, ein Gegenmittel zu entwickeln. Vielleicht eine Art von Schutzimpfung, damit die Toten auch tot bleiben, verstehen Sie? Ich für meinen Teil habe keine große Freude an der Vorstellung, eines Tages vielleicht meiner armen alten Mutter den Kopf abschneiden zu müssen.«

Wo genau die Leichen hingebracht wurden, damit man mit ihnen experimentieren konnte – dazu wollte Inspektor Illgen den Journalisten nichts Näheres sagen. Die Tiefgarage unter dem Neubau des Polizeipräsidiums stand eine Zeit lang im Brennpunkt der Spekulationen, bis das Innenministerium erklärte, dass dort eine Notstromversorgungsanlage eingebaut wurde; dann erinnerte man sich plötzlich an ausgedehnte Luftschutzkeller unter dem alten Präsidium, und die Gerüchte wucherten in eine andere Richtung.

Nicht ganz einen Monat nach seinem Alptraum stand Sebastian Illgen im umgebauten untersten Stockwerk der Tiefgarage. Ihm lief ein Schauder über den Rücken, und das lag nicht an der kalten Luft. Nur eine solide Panzerglasscheibe trennte ihn und zwei andere Männer von vier Dutzend Zombies, die sich mächtig ins Zeug legten.

»Vierkommaneun Kilowatt, Inspektor!« las der Techniker auf den Messgeräten ab.

Illgen nickte. »Nicht gerade ein Großkraftwerk, aber ein Anfang.«

Sorgfältig auf den im Halbkreis arrangierten Laufbändern angeschirrt setzten die wandelnden Leichen einen Fuß vor den anderen, hielten die Bänder in Bewegung, drehten Generatoren, produzierten Strom. Unermüdlich. Es machte keinen Unterschied für sie, dass sie den drei Lebenden im Inneren der Messwarte keinen Schritt näher kamen - sie würden nicht aufgeben, bevor das Fleisch auf ihren Knochen verfault war.

Und das konnte in diesem kühlen unterirdischen Gewölbe ziemlich lange dauern.

Die Frau in Grün

Auch hier hatten die Marburger die Hand im Spiel, wenn auch nur indirekt: als 2016 das Thema „Zurück zu den Wurzeln!" hieß, stand mir erstmals die Figur vor Augen, die zur „Frau in Grün" heranwachsen sollte. 2017 rief dann das „Bundesamt für magische Wesen" dazu auf, die Auswirkung von Frühlingsgefühlen auf paranormale Wesen zu schildern ... und Dreya konnte sie überzeugen.

Frauen anzusprechen war Joachim Rohde noch nie leicht gefallen – und das würde sich auf der Uni-Party heute Abend wohl auch nicht ändern. Er saß mit seinem alkoholfreien Getränk auf einem der Hocker an der Theke, der er den Rücken zudrehte, und schaute auf die Tanzfläche, auf der so früh noch reichlich Platz war. Zu Hause auf dem Land standen die Kirschbäume seit mehr als einer Woche in voller Blüte, und die Apfelbäume schlossen sich ihnen langsam an; im Radio dauerten die Pollenflugwarnungen für Allergiker länger als die Verkehrsnachrichten. Heuschnupfen war zwar für Joachim nie ein Thema gewesen, aber so viel Glück hatte nicht jeder in seiner Lerngruppe.

Langsam füllte sich der Schuppen. Die meisten Gäste kamen als kleine Gruppen, hier ein paar junge Männer, dort ein paar junge Frauen, und zunächst blieben sie noch unter sich. Die Musik wechselte: Ed Sheeran besang ein Mädchen aus Galway und die Tanzfläche füllte sich langsam. Es spielten sich die gleichen Rituale ab, die Joachim schon zu Hause nicht erfolgreich hatte kopieren können – erst tanzte jeder für sich, dann synchronisierten sich die Bewegungen zum Miteinander oder eben nicht. Augenkontakt entschied darüber, ob ein

Mund sich einem Ohr annähern und den Vorschlag machen durfte, vielleicht etwas zu trinken ...

Im Zentrum der Tanzfläche fiel ihm jemand auf. Eine große, schlanke Frau mit laubgrün gefärbten Haaren folgte nur ihrem eigenen Rhythmus, ohne auf die zahlreichen Annäherungsversuche zu reagieren. Ihre Hände glitten über ihren Körper wie die eines Liebhabers, und Joachim konnte die Augen nicht mehr von ihr abwenden. Sein ganzer Körper reagierte – und ausgerechnet jetzt schaute die Frau in Grün zu ihm herüber. Nein, noch schlimmer ... sie hörte auf zu tanzen und kam auf ihn zu. Joachim brach der Schweiß aus. Oh verdammt. Was sollte er sagen? Sollte er überhaupt etwas sagen?

Und dann stand sie auch schon neben ihm, bestellte ein großes Mineralwasser, schenkte ihm ein strahlendes Lächeln und sagte: »Hey!«

»Hey!«, antwortete Joachim. »Tolskspl.«

Oh Gott. Seine Ohren brannten. Er hatte es so versaut, wie man es nur versauen konnte. Die wunderschöne Frau sah ihn verwirrt an – sie trug eine knielange grüne Strickjacke, stellte ein Teil von ihm fest. Sie hatte ein paar Zöpfe in ihr Haar geflochten und diese mit Nüssen geschmückt. Und ihre Augen waren unglaublich grün. Eigentlich war außer der sonnengebräunten Haut so ziemlich alles an ihr grün.

»Tolles Cosplay, meinte ich. Ich wünschte, ich würde mich das auch trauen.«

Sie zuckte mit den Schultern und lächelte ihn an.

»Dann trau dich. Was hast du zu verlieren?«

Die Frau legte den Kopf in den Nacken und leerte ihr Glas in einem einzigen Zug. Sie duftete. Joachim konnte nicht genau sagen, wonach, aber der Geruch streichelte seine Nase und brachte ihn noch ein bisschen mehr durcheinander. Dann stellte die Frau in Grün ihr Glas ab und sagte: »Ich bin Dreya. Tanz mit mir.«

»Ich ...« Oh je. »Ich bin ...« Joachim schluckte. »Sehr gern, aber ich bin kein guter Tänzer.«

Dreya lachte herzlich. »Wer sagt das, und wen kümmert es, was der sagt? Komm mit!«

Joachim ergab sich in sein Schicksal und folgte Dreya in die Mitte der Tanzfläche. Er versuchte, seine Bewegungen an ihre anzupassen. Das erwies sich als leichter, als er geglaubt hatte. Und dann wechselte die Musik.

Chris Martin von Coldplay sang davon, wie die Frau, um die sich in dem Lied alles drehte, nur einen ganz normalen Mann suchte – einen Mann, der für sie da war, wenn sie ihn brauchte. Dreya bewegte sich mit geschlossenen Augen zur Musik, ihr Duft umgab sie beide, der Rest der Welt war mit einem Mal unglaublich weit weg und bedeutungslos, und Joachim küsste sie. Dann erstarrte er.

Was war bloß in ihn gefahren? Er müsste schon außerordentliches Glück haben, wenn sie ihm jetzt nur eine scheuerte! Er machte den Mund auf, suchte nach einer Entschuldigung, nach irgendetwas, was er sagen konnte – aber Dreya legte ihm einen Finger auf die Lippen und schnurrte: »Lass uns ein wenig spazieren gehen.«

Später konnte Joachim sich nur bruchstückhaft an diesen gemeinsamen Spaziergang erinnern. Irgendwann hatte er sich erkundigt, woher Dreyas Name kam – aus Griechenland, sagte sie und fragte dann nach seinem eigenen Namen, den sie mit unterschiedlichen Betonungen ausprobierte. Irgendwann gingen sie durch den Stadtpark; die Nachtluft war noch warm, er war unglaublich aufgeregt und hatte die größte Erektion seines Lebens.

Dreya küsste ihn, öffnete die Knöpfe seines Hemdes, schob ihre Hand hinein, um über seine Brust zu streicheln, und ...

»Scheiße! Oh verdammt, das tut mir so leid. Weißt du, ich habe noch nie mit einer Frau ... also ...«

»Schhhh,« machte sie und küsste ihn erneut. »Das dachte ich mir schon. Deshalb habe ich ja auch dich ausgesucht unter all den anderen. Und das ist nicht das Ende. Das war nur der Anfang. Wir haben alle Zeit der Welt ...«

Etwas später lagen sie nackt auf ihren Sachen, streichelten einander und schauten in den Sternenhimmel. Joachim zeigte Dreya die Sterne des Großen Wagens und erklärte, dass sie eigentlich nur ein Teil des Sternbilds Großer Bär seien.

»Dein Großer Bär ist einmal eine Nymphe gewesen, und ihr Name war Kallisto,« sagte Dreya, und sie betonte den Namen auf dem O. Ihre Stimme klang auf einmal hart. »Sie war wunderschön, und jeder Mann, der sie sah, begehrte sie. Deshalb hatte sie sich den Jungfrauen im Gefolge der Artemis angeschlossen, und vor den Nachstellungen Sterblicher war sie damit sicher – aber Zeus ließ sich von so etwas nicht aufhalten. Er nahm die Gestalt der Artemis an, um Kallisto zu verführen, schwängerte sie und verschwand. Artemis warf Kallisto aus ihrem Gefolge. Zeus' wütende Ehefrau Hera verwandelte sie in eine Bärin, kaum dass sie ihr Kind geboren hatte, und Zeus rührte keinen Finger für sie.«

Sie seufzte leise. »Beinahe jeder andere Mann führt sich auf wie ein kleiner Zeus, wenn wir ihn damit durchkommen lassen. Deshalb bin ich jetzt mit dir hier und nicht mit einem von den anderen Burschen. Und ...« Dreya schaute auf Joachims Lenden und lächelte. »Wie ich sehe, weißt du das zu würdigen.«

Sie setzte sich auf Joachim, legte seine Hände um ihre Brüste und ritt ihn bis zum Höhepunkt – ein so intensives Erlebnis, dass er das Bewusstsein verlor.

Als er wieder zu sich kam, war er allein und im Osten wurde der Himmel bereits hell. Auf seinem Hemd lag eine Seite aus seinem Taschenkalender, mit seinem Kugelschreiber beschrieben und mit dem Abdruck eines Kussmundes besiegelt:
»Ich danke dir für diese Nacht. Wenn du möchtest, triff mich hier zum nächsten Vollmond. Vielleicht kommt meine Freundin Katsura mit. D.«

Lächelnd sammelte Joachim seine Sachen zusammen, zog sich an und begab sich auf den Heimweg.

So versäumte er den Moment kurz nach Sonnenaufgang, als sich die Blüten der griechischen Schmuckesche öffneten, die vor hundertsiebzig Jahren hier im Park gepflanzt worden war.

Ihren Duft hätte er sofort wiedererkannt.

Harald Weber, Jahrgang 1961, lebt in Nordhessen und ist nach einem Studium des Maschinenbaus trotzdem Bibliothekar geworden. Er ist kein Mann vieler Worte und schreibt seit 25 Jahren sporadisch Kurzgeschichten für Wettbewerbe, während es mit dem ersten Roman nicht so recht vorangehen will – und mit dem zweiten auch nicht.

Seit er als kleiner Junge die Landung von Apollo 11 auf dem Mond beobachten durfte, schlägt sein Herz für den Weltraum. Allerdings durfte er damals auch die Abenteuer des NASA-Astronauten Major Tony Nelson mit seinem Flaschengeist Jeannie sehen, bei denen Weltraumfahrt und Zauberei einander nicht im Wege standen. In seinen Geschichten ist daher Platz für Wissenschaft ebenso wie für Magie.

Zu seinen Lieblingsautoren zählen H.P. Lovecraft, Leo Perutz, Jack Vance und Neil Gaiman.